徳 間 文 庫

織江緋之介見参七

終焉の太刀

上 田 秀 人

JN211412

徳 間 書 店

目次

主な登場人物

織江《おりえ》緋之介《ひのすけ》 小野派一刀流と柳生新陰流を遣う若侍。小野忠常の息子で、本名は小野友悟《おのゆうご》。

真弓《まゆみ》 光圀の異母妹。緋之介の許婚《いいなずけ》。馬術を愛好する。

小野忠常《おのただつね》 剣豪・小野忠明《ただあき》の子。書院番と将軍家剣術指南役を兼ねる。

小野忠也《おのちゅうや》 忠明の子。小野派一刀流の継承者として令名を馳せる。

西田屋甚右衛門《にしだやじんえもん》 吉原惣名主。吉原創設者である庄司《しょうじ》甚右衛門の跡を継ぐ。

明雀《あけすずめ》 三浦屋《みうらや》の遊女。元吉原で名を馳せた二代目高尾太夫《たかおだゆう》のひとり娘。

徳川家綱《とくがわいえつな》 江戸幕府第四代将軍。先代家光《いえみつ》の長男。

徳川光圀《とくがわみつくに》 水戸藩藩主。緋之介と交誼を結ぶ。

徳川頼宣《とくがわよりのぶ》 紀州藩藩主。権大納言。徳川家康の十男。

徳川綱吉《とくがわつなよし》 館林藩藩主。家光の四男。

徳川綱重《とくがわつなしげ》 甲府藩藩主。家光の三男。

新見正信《にいみまさのぶ》 甲府徳川家の家老。備中守。

阿部忠秋《あべただあき》 老中。豊後守。三代将軍家光に仕え、現在は家綱を補佐する。

上島常也《うえしまじょうや》 阿部忠秋の異母弟。阿部家上屋敷で留守居役格として仕える。

第一章　大樹の囲い

一

近習《きんじゅ》医師小川養軒《おがわようけん》は白い絹糸の先を握りながら、目を閉じていた。一間《けん》（約一・八メートル）離れた徳川四代将軍家綱《いえつな》の右手首に結びつけられている絹糸を張ったり、緩めたりしながら、小川養軒は家綱の脈を測っていた。貴人に直接触れることはおそれおおいと、宮中で始まった漢方の手法であった。

「お加減申しぶんございませぬ」

糸を離した小川養軒が平伏した。

「そうか」

興味なさそうに家綱が応えた。

「お糸をはずさせていただきまする」

膝《ひざ》で近寄った小川養軒が、家綱の手首から糸をほどいた。

「しかるべく」

小川養軒が、近くに控えていた当番の小姓番頭《こしょうばんがしら》にうなずいた。

「膳《ぜん》の用意を」

待っていた小姓番頭が朝餉《あさげ》の用意を命じた。

「あまり欲しくはない」

家綱が漏らしたが、応じる者はいなかった。

将軍家御座所近く、囲炉裏《いろり》の間で温めなおされた朝餉が、家綱の前に出された。

「お召しあがりくださいますよう」

小姓番頭が家綱をうながした。

「ご相伴させていただきまする」

家綱の正面に坐《すわ》った小姓にも膳が与えられた。

最後の毒味であった。

将軍の膳は御台所で調《ととの》えられた後、台所頭、御膳《ごぜん》奉行、囲炉裏の間当番小姓によって毒味されている。三度の毒味でもたらなくなったのは、三代将軍家光《いえみつ》とその弟駿河《するが》大納言忠長《だいなごんただなが》が、将軍継嗣を争って以来の慣例であった。ともに西の丸に住み、同じものを食していた兄弟は、徳川宗家の座を巡って静かな戦いをくりかえしていた。そのさいたるものが毒を飼うことであった。

「…………」

無言で家綱が一の膳から吸い物椀を取りあげた。相伴の小姓は、すばやく同じものを手にし、家綱よりも先に飲みこんだ。

「ご異常見受けられませぬ」

畳一枚離れたところで、小川養軒が小姓のようすを窺《うかが》い、食べものごとに報告した。

「もうよい」

半分も食さないで、家綱が箸《はし》を置いた。毒殺の心配を見せつけられて、食欲などわくはずもなかった。

「お医師」

小姓番頭が鋭い声を出した。食欲のない家綱を見て、体調不良を見抜けなかったのではないかと疑ったのだ。

「叱《しか》るな。躬《み》が欲せぬだけぞ」

家綱がなだめた。

「はっ。なれど、このまま下げましては、台所方の者の責任となりまする」

将軍が出されたものを残した場合、気に召さなかったということになり、調理を担当した台所役人の罪となった。毎日同じ食材を使うのだ。そこに現れるのは、純粋に調理の腕となる。残した量によるが、軽くて謹慎、重ければお役ご免になった。

「わかった。食す」

嫌そうな顔で、ふたたび家綱が食事を始めた。

朝餉を終えた家綱のもとから、ようやく小川養軒は下がることができた。この後は小川養軒をのぞく当番医師五名による診察がおこなわれる。担当する医師を代えるのも、一服盛ったり、虚偽の診察をさせないためであった。

「ご苦労であったな」

肩の凝る将軍家御座所から出てきた小川養軒に、声がかけられた。

「これは、御老中さま」

あわてて小川養軒は、腰をかがめた。

「ちとよいかの」

小川養軒を呼び止めたのは老中阿部豊後守忠秋《あべぶんごのかみただあき》であった。

阿部豊後守は、三代将軍家光の小姓から老中にまでのぼった権力者である。家光側近の双璧《そうへき》と並び称された松平伊豆守信綱《まつだいらいずのかみのぶつな》が知恵伊豆と言われたのに対し、阿部豊後守は律儀豊後と呼ばれたほど、真摯《しんし》な姿勢で将軍に仕えた。

家光もその篤実を愛し、とくに家綱の傅育《ふいく》を任せるほど信頼していた。

「御用で」

ときの権力者に声をかけられた小川養軒が、とまどいを見せた。

「少し訊《き》きたいことがあるだけぞ」

返答も待たず、阿部豊後守は畳廊下の片隅へと向かった。

「はあ」

気の進まないようすで、小川養軒もしたがった。

「なにをお訊きになられたいのでございまするか」

廊下といえども将軍家御座所近くである。他人気《ひとけ》はなく、他人に話を聞かれる恐れはなかった。

「うむ。上様のご体調はいかがだ」

「それならば……。ご普段のとおりかと拝診つかまつりました」

ほっと肩の力を抜いて小川養軒が答えた。

「重畳《ちょうじょう》なことだ。ところで、養軒。上様がここ三十日ほど大奥へお渡りなされておられぬことは存じておろうな」

「はい」

小川養軒が首肯《しゅこう》した。

近習医師たちのもとには、将軍の一日が報告されていた。大奥へ渡った場合は、相手になった側室の名前から、なんど抱いたかまでが翌朝届けられた。

「上様は、御歳《おんとし》二十三。下世話な言いかたをいたせば、毎日でも女をお求めになるころであろう。しかしながら、今年に入っていまだ大奥へお渡りになられたは、わずかに二度ぞ」

「…………」

「上様のお身体《からだ》は、女が要《い》らぬのではなかろうな」

阿部豊後守が問うた。

「そのようなことはございませぬ」

あわてて小川養軒が否定した。

「二度のお渡りにかんしては、お静《しず》の方さまをお召しになられ、両夜とも一度ずつながら、精をお放ちあそばされておられまする」

御台所《みだいどころ》以外の側室は、将軍と同衾《どうきん》したあと、寝室から下がるのが慣例であった。

これは、子を産まぬかぎり、側室は奉公人あつかいであり、主君と同じ夜具で一夜を明かすことが許されなかったからである。

さらに将軍のもとをさがった側室は、お手つきでない中臈《ちゅうろう》によって身体をあらためられ、交渉の有無を確認された。

「ならばなぜお子さまができぬのだ」

阿部豊後守が本題に入った。

家光から家綱の傅育を任された阿部豊後守は、本丸老中から西の丸老中へと格を落とされた経緯があった。同僚どころか、家柄では劣る松平伊豆守が老中首座として政《まつりごと》に手腕を振るうのを、本丸御用部屋に入ることもできず見るしかできなかった恨みは阿部豊後守のなかでくすぶっていた。

ようやく家光が死に、家綱の世となり、松平伊豆守は老中首座から下ろされ死去した。家綱を幼少のおりから傅育してきた阿部豊後守の手に幕府の権は移った。まだ幼かった将軍家に力はなく、阿部豊後守は松平伊豆守以上の権をもった。

人というのは栄華を永劫のものにしたいと願うものである。

しかし、いかに老中といえども家臣には違いなく、将軍家が代替わりすると罷免《ひめん》されることになりかねない。新たな寵臣《ちょうしん》が生まれれば、先代の遺臣は放逐されるのが権力の常である。

それを防ぐには、次代の将軍も我が手におさめておかねばならなかった。

阿部豊後守は、家綱に男子をもうけさせ、おのれの跡継ぎが傅育するよう仕組みを作っておきたかったのだ。

「なぜとおっしゃられましても……こればかりは天の配剤でございますれば」

「どうにかならぬのか。上様にもっと足繁く大奥へお渡りいただくよう考えよ。そう、精のつくものを差しあげてみてはいかがだ」

阿部豊後守が提案した。

「精のつくものと申しますと、山の芋《いも》や泥鰌《どじょう》、大蒜《にんにく》、韮《にら》。これらはたしかに精をつけまするが、それは健康な者であればこそ。上様はご胃腸がお弱くあらせられまするゆえ、かえってよろしくはないかと」

薬も過ぎれば毒である。阿部豊後守の話を小川養軒は否定した。

「では、どうすればいい。このままでは、上様にお世継ぎができぬ」

「ご懸念はもっともと存じまするが、上様はまだお若くあらせられまする。いずれお世継ぎさまも……」

「たわけ。そのように悠長なことを申しておれぬ。きさまも知っているであろう。安《あ》宅丸《たけまる》を視察された上様を襲った連中がいたことを」

　家綱の健在振りを見せつけるために催された幕府水軍演習は、江戸城という囲いから出た将軍を襲う絶好の機会となってしまった。

　さいわい将軍家剣術指南役小野次郎右衛門忠常《おのじろうえもんただつね》と織江緋之介《おりえひのすけ》の活躍で、かろうじて敵は撃退できた。しかし、幕府の屋台骨の弛《ゆる》みが露呈した。家綱にとってかわろうとする血筋がいることの証明でもあった。

「上様にお世継ぎができれば、分家の方々の野心も消える。さすれば、徳川は、いや幕府は安泰。そうであろう。上様のお閨《ねや》ごとは、天下の大事」

「はっ」

　阿部豊後守の勢いに小川養軒は萎縮《いしゅく》した。

「医師どもを集め、なにかしらの方策を探せ。今年中にお世継ぎさまご懐妊の報なくば、本道の奥医師すべてを入れかえてくれる。きっと心得よ」

　きびしく命じ、阿部豊後守が背を向けた。

「…………」

　呆然《ぼうぜん》と小川養軒が、阿部豊後守を見送った。

屋敷に戻っても阿部豊後守の機嫌は悪いままであった。

「上島《うえしま》を呼べ」

阿部豊後守が留守居役上島常也《じょうや》を呼ぶようにと言った。

「なにかございましたか。あまりご気分がうるわしゅうございませぬようで」

上島常也は、伺候《しこう》するなり顔をしかめた。

「役立たずが多すぎる」

「世のなかは、それでまわっておりますので。皆が役にたつようであれば、幕府には老中しかおられなくなりましょう。頭ばかりで手足がないとなれば、何一つものごとはできぬだけではなく、かえってろくでもないことになりましょうな」

「……生意気なことを」

より苦い顔を阿部豊後守が見せた。

一介の留守居役が藩主に対して乱暴な口がきけるにはわけがあった。上島常也は阿部豊後守の異母弟であった。先代藩主が隠居してから作った子供で、外聞を気にした阿部豊後守によって家臣の家へ養子に出されていた。

「なにがお気に召しませなんだ」

上島常也が問うた。

「奥医師どもの無能に……」

怒りの口調をそのままに阿部豊後守が語った。

「なるほど。それは殿がお悪い」

あっさりと上島常也が断じた。

「どういうことだ」

阿部豊後守が眉《まゆ》をひそめた。

「上様が大奥へあまりお渡りにならぬのは、医者ではなく、女が悪いからで」

「女が悪いだと。大奥の側室どもは皆身分の知れた旗本の出。家柄になんの傷もない。さらに見目もうるわしき者ばかりじゃ。どこに問題があると言うのだ」

「ははあ、殿もあまりよき女にはあたっておられぬようで」

怪訝《けげん》そうな顔をする阿部豊後守へ、上島常也が告げた。

「正室には相応な家柄が要りましょう。しかし、側室、下世話で申すならば妾《めかけ》は、身分ではございませぬぞ。器量でもござらぬ。さすがに醜いのは、なんでござるが、ようは閨ごとの善《よ》し悪《あ》しでござる」

「閨ごとだと」

「やはりごぞんじないか」

阿部豊後守のようすから、上島常也は見抜いた。

男色を好んだ家光は、小姓としてつけられた者たちほとんどに手を出していた。家光に殉死《じゅんし》した堀田正盛《ほったまさもり》を始め、松平伊豆守、阿部豊後守も寵愛《ちょうあい》を受けた。

女を知る前に男色を覚えた男は、閨ごとへの興味を失うことが多い。女との接触はただ子供を作るためだと割りきってしまうのだ。阿部豊後守もそうであった。

「人の顔に違いがあるように、女の股ぐらも千差万別。それこそ吉原《よしわら》で太夫《たゆう》を張るほどの女ともなれば、まさに男を極楽へ誘いまする。その逆が大奥の女でございましょう。ただ寝っ転がって上様のお出入りが終わるのを待っているだけ。これでは、一人でするのとなんのかわりがございましょう。わざわざうるさい女どもがたむろする大奥へ参りたいと思われるはずはございませぬ」

「ふうむ」

阿部豊後守が腕を組んだ。

「閨ごとのうまい女にあたれば、毎夜でもかよいたくなりまする。吉原通いで身を滅ぼす男があとを絶たぬのが、その証拠で」

「しかし、どうやって女の閨ごとの善し悪しを見わけるというのだ。まさか、上様のお部屋さまになる女を、誰かが前もって抱くわけにはいかぬぞ」

「そこはおまかせくだされ」

「おまえにか」

「はい」

「……手出しをする気ではあるまいな」

上島常也の根底にある恨みを阿部豊後守は知っている。同じ父親から生まれたにもかかわらず、兄阿部豊後守は天下第一の権力をもっているのに対し、己はその家臣でしかないのだ。生まれ落ちたときからの差を上島常也がどれほど呪っているか、阿部豊後守は承知して遣っていた。大奥へあげる前の女を犯し、その身に子種を仕込めば、上島常也の血筋が五代将軍となるかも知れないのだ。己を走狗《そうく》となしている阿部豊後守が、わが子の前に手を突く。これほどの復讐《ふくしゅう》はない。

「そのようなこと、二月も女を隔離しておけばすぐにそこが割れること」

上島常也が冷笑を浮かべた。

「そうだの」

阿部豊後守が目を閉じた。

「殿よ。お考えになる余裕はございますまい。甲府左馬頭綱重《さまのかみつなしげ》さま、館林右馬頭綱吉《たてばやしうまのかみつなよし》さまはもとより、御三家も五代の座を狙《ねら》って動きだしております。先日のように思いきった手出しをしてくることは、今後もございましょう。次はかならず防げるという保証はございまするか」

「……しばらく黙れ」

言われなくとも阿部豊後守にもわかっていた。小姓組、書院番組《しょいんばんぐみ》ら将軍家を護《まも》る旗本は数いるが、泰平が続いたことで争うことを経験しておらず、やくにたたなくなっている。

「上様をお城からいっさいださずにすみましょうや」

主《あるじ》の命《めい》を気にもせず、上島常也は述べた。

「うるさい」

阿部豊後守がどなった。

「たしか、今年は先代家光さまの十三回忌でございましょう。家光さまの墓所は日光。お参りに行かれるのではございませぬか」

「ううむ」

叱りつけるのも忘れて、阿部豊後守がうなった。

上島常也の言うように、今年は家綱の日光下向が予定されていた。

主君に忠、父へ孝を根底としている幕府である。父家光の十三回忌に息子家綱が墓参しないわけにはいかなかった。

　また将軍が日光へ行くとなれば、家綱の兄弟である綱重、綱吉はもとより、譜代大名たちの一部も供することになる。

「日光まではおおよそ三十六里（約一四四キロメートル）、上様の御駕籠《おかご》となれば、一日進んでも七里（約二八キロメートル）、往復で十日ほどでございましょうか」

「…………」

　目を閉じたまま阿部豊後守は応えなかった。

「当然泊まりは、譜代大名の城下。いや、本丸御殿となりましょう。さて、それが安全でございましょうか」

「宇都宮吊《つ》り天井のことを言いたいのか」

　ようやく阿部豊後守が口を開いた。

　世に言う宇都宮吊り天井事件とは、二代将軍秀忠《ひでただ》の日光参詣のおりに起きた。初代家康《いえやす》の謀臣として、徳川家繁栄の基礎を作った本多正信《ほんだまさのぶ》の跡継ぎ正純《まさずみ》は、東北を抑える要衝宇都宮に十五万五千石の高禄を与えられていた。

　忠臣のなかの忠臣として秀忠にも信頼されていただけに、日光参詣の途上、一夜の宿として宇都宮が指名された。

真相は明らかになっていないが、秀忠は宇都宮へ向かう直前に道を変え、正純の接待を受けなかった。

「本多が新築したお成り御殿に不審あり」

正純は、秀忠をむかえるお成り御殿に仕掛けをし、殺害を企てたというのである。江戸からの急使を受けて、秀忠は宇都宮を避けた。

「あれは、正純の出世をねたんだ者のねつ造であろうな」

阿部豊後守が鼻を鳴らした。

本多家は、その後無断で鉄砲を作ったなどの罪を咎《とが》められ、宇都宮を取りあげられたが、出羽由利で五万五千石を与えられている。もっとも無実を主張した正純は、これを拒否し、本多家は改易《かいえき》となった。もし、本当に秀忠の命を狙ったならば、五万三千石への減封ですむはずもなく、正純の首がとんだはずである。

「でございましょう。なれど、この度《たび》はいかがでしょうや」

上島常也が述べた。

「上様を襲う者が出ると申すか」

「出ましょう。安宅丸の一件で失敗した連中にしてみれば、上様が城を出られる日光参拝はまたとない好機」

「たしかにな。しかし、こちらも十分な警備をおこなうぞ。書院番、小姓番だけでなく、先手組、伊賀《いが》組も動員する。とても襲うことなどできまい」

ゆっくりと阿部豊後守が頭を振った。

「殿よ。世に万全という言葉はありませぬ」

上島常也が否定した。

「打つ手がいつも確実ならば、我らはとうに織江緋之介、いや小野友悟《ゆうご》を排しておりましたはず……」

松平伊豆守から、継承したにひとしい邪魔者を、阿部豊後守は始末すべく、何度も上島常也へ命じていた。しかし、緋之介はすべての刺客《しかく》を退けていた。

「いくら大奥へいい女を入れたところで、上様のお命に万一があれば、まったくの無駄となりまするぞ」

さらに上島常也が重ねた。

「ずいぶんと一人前の口をきくようになったな」

阿部豊後守が上島常也をにらんだ。

「一門として、阿部家の繁栄を考えて申しあげただけで」

「ふん」

上島常也の答えを、阿部豊後守が鼻先で笑った。

「ならば、当然、妙手も持っておるのであろうな」

阿部豊後守がうながした。

「小野友悟をお遣いなされ」

「なにっ」

聞いた阿部豊後守が驚愕《きょうがく》した。

「毒を以《もっ》て毒を制する。小野友悟ならば人を斬《き》った経験もござる。刀など抜いたこともない旗本どもよりは、よほど役にたちましょう。それに……」

「それに……なんじゃ」

「うまくいけば、小野友悟の命を取ることもできましょう。もし上様が襲われたとすれば、そのどさくさに紛れれば……」

「……常也。おぬしもやはり血筋よな。人を道具としか見ておらぬ」

「お誉《ほ》めの言葉と受けとりましてございまする」

上島常也が平伏した。

「女の手配と小野友悟を除《の》ける策、任せたぞ」

阿部豊後守が命じた。

二

小野派一刀流《いっとうりゅう》宗家小野次郎右衛門忠常の道場は、九段下にあった。敷地のほとんどをしめる道場には、毎日数多くの弟子たちが剣術を学びに来ていた。

「背筋を伸ばせ。足の踵《かかと》から脳天までを一本の棒とせよ」

書院番士として勤務のない日は、小野次郎右衛門忠常も道場へ出て稽古《けいこ》をつける。

「腕はまっすぐ身体の正中《せいちゅう》にあわせよ。利《き》き腕に重きをおくな。剣の柄《つか》を両手で均等に保持いたせ」

道場の上手《かみて》、鹿島《かしま》大明神の掛け軸の前に立って、小野次郎右衛門忠常が教授した。

「一刀流の極意は、必殺なり。一撃で敵を倒せば、反抗されることなく、無傷で勝ちを手にすることができる。日々の稽古は、その素地を作るためである。竹刀《しない》でたたき合う必要はない」

小野派一刀流道場では、馬の皮に割れ竹を入れて作った竹刀を遣ってはいなかった。当たれば肉を裂き骨を割る木刀と違い、ぶつかったところで痣《あざ》ができるていどですむ竹刀は、実戦に即した稽古ができると、取り入れる流派が多くなってきていた。しかし、小野次郎右衛門忠常は、竹刀の効能を否定していた。

「打ち合うなど言語道断である。刀はぶつければ欠け、下手《へた》すれば折れる。真剣勝負で得物《えもの》を失えば、そこにあるのは、死のみ。竹刀での稽古にも利があることは認めるが、妙な癖をつけてしまう」

道場にはしわぶき一つなく、小野次郎右衛門忠常の声だけが響いていた。

「型をくりかえすだけの稽古は、飽きるうえに辛《つら》い。だが、何回も何回も振ることが肝要なのだ。身体に動きを覚えさせよ。頭で考えてから動くのではなく、勝手に手足が出るように刻みこめ」

小野次郎右衛門忠常がゆっくりと弟子たちを見まわした。

「よし、では、始め」

「はっ」

道場主の合図を受けて、数十人の弟子たちが、いっせいに手にしていた木刀を青眼《せいがん》に構えた。

「おう」

「りゃあ」

気合いをあげて、弟子たちが木刀を素振りし始めた。

「手の内を締めよ。気を抜くな」

道場の上座から降りて小野次郎右衛門忠常が、弟子たちの間を回り始めた。

「小指から順に握って参れ」

初年で入ったばかりの子供にも、小野派一刀流は木刀を持たせる。さすがに太刀《たち》ではなく脇差《わきざし》ではあるが、稽古を始めたばかりの六歳児の手には余る。

「はい」

頬《ほお》を真っ赤にした子供が首肯した。

「旗本の家に生まれた者は、上様のお身を護るのが任。そのためには剣術ができねばならぬ」

「かならず、師範のような剣術遣いになりまする」

子供が応えた。

「いや、それは違う」

小野次郎右衛門忠常が、首を振った。

「そなたは旗本の跡継ぎじゃ。旗本は上様の家臣。上様のことだけを考えていなければならぬ。だが、剣術遣いは違う。剣術遣いの心にあるのは、ただ剣のことのみ。主君への忠義も親への孝行もない。人として持つべき仁義礼智忠信孝悌《こうてい》のすべてを捨て去った者が剣術遣いである。まちがえるでない」

「……はい」

叱られたと思ったのか、子供が泣きそうな顔をした。

「大事ない、大事ない。今はとにかく振ることに慣れよ。そのうち、旗本の心得とはなにかとわかる日が来る」

背筋を調えてやって、小野次郎右衛門忠常は子供の側《そば》を離れた。

ひととおり道場を巡った小野次郎右衛門忠常を、小野忠也《ちゅうや》が皮肉な顔で迎えた。

「ご当主どのよ。あなたはどちらなのだ」

小野忠也が問うた。

「聞こえたか」

小野次郎右衛門忠常が苦笑した。

「書院番として将軍を護る旗本なのか、それとも始祖小野忠明《ただあき》さまが流れを継いだ小野派一刀流当主であるのか。是非聞かせてもらいたい」

真剣な表情で小野忠也が訊いた。

「旗本よ」

はっきりと小野次郎右衛門忠常は答えた。

「始祖小野忠明が家康さまから禄をいただいてより、小野家は剣術遣いではなく旗本となった」

「けっこうでござる」

満足そうに小野忠也が首肯した。

「剣術遣いなど、泰平の世に不要な存在でしかない。人をいかにうまく殺せるかだけを突き詰めるなど、道にはずれておる。そのような者に先はない」

「おぬしがそう言うか」

稀代《きたい》の剣術遣い伊藤一刀斎《いとういっとうさい》から父忠明よりも筋がいいと評され、広島の城下で忠也流一刀流の道場をもつ小野忠也の口から、そのような言葉が出たことに小野次郎右衛門忠常が、苦笑いを浮かべた。

「儂《わし》はいいのだ。浪々の身だからな。主君を持たぬ者は武士ではない。そして武士とは滅私し、忠義を尽くすもの。剣術遣いとは相いれぬ」

小野忠也も広島藩浅野《あさの》家から郷士格を与えられ、わずかながら扶持米《ふちまい》を受けている。しかし、藩士ではない郷士は厳密にいえば武士ではなかった。

「ご当主どのよ」

父小野次郎右衛門忠常に代わって弟子の面倒を見ている小野忠於《ただお》を目でさしながら、

小野忠也が続けた。

「小野派一刀流を飾りになさるおつもりか」

身内とはいえ、当主に対しては下ったもの言いをしなければならない。

「……………」

小野次郎右衛門忠常が小野忠也を見つめた。

「飾りになればけっこう。剣術などしょせん人殺しの術《すべ》。仏の道にも人の道にもはずれた業。徳川のもとに天下は統一され、戦国が終わった今、剣術など無用の長物」

「本心でござろうか」

「偽《いつわ》りを口にしてなんになるか」

しっかりと小野次郎右衛門忠常が肯定した。

「そうか。人を殺さぬために、小野派一刀流を死なせるか」

小野忠也が口にした。

「いいや」

首を振りながら小野次郎右衛門忠常が、忠於へ顔を向けた。

「小野の家を末代まで残すため。狂気の血筋はそろそろ終わりにするべきでござろう」

「忠於どのは、人を……」

「斬った。小野家を護るためやむをえず。しかし、この後は、終生斬らせるつもりはない」

しっかりと小野次郎右衛門忠常が断言した。

「そうか。小野の家は旗本として続けていかれるか。それもよかろう。始祖忠明さまが狂気は、小野家を一度潰《つぶ》した。なんとか再建できたとはいえ、次もうまくいくとはかぎらぬ」

小野忠也の言うとおりであった。

臨終の床において、「まだ斬りたりぬ」と叫んだ小野忠明は終生剣術遣いであった。家康に召し抱えられはしたが、何度ももめごとをおこしては咎めだてられていた。

「天下分け目の戦《いくさ》よ」

家康がそう述べた関ヶ原の合戦、思いきり人を斬れると勇んだ小野忠明は、秀忠の軍勢にくわえられ、真田《さなだ》攻めへと従軍した。

「合図あるまで、出るな」

軍令で抜け駆けは禁じられていたにもかかわらず、小野忠明はそれを無視した。

「戦場ぞ。敵を斬っても文句はあるまい」

小野忠明は、一人先駆けて上田城へ攻めかけ、多数の真田兵を斬り伏せた。

「一人の力で戦が決まる時代ではない。鉄砲の数がものをいうのだ」

怒った秀忠は、小野忠明を拘束、禄を召しあげて真田伊豆守信幸《のぶゆき》に預けた。のち家康によって許されたが、その狂気を嫌った秀忠によって、小野忠明は同じ将軍家剣術指南役でありながら、柳生《やぎゅう》の一万石にはるかおよばぬ二百石で飼い殺しにされた。

小野家が八百石にあがったのは、ひとえに小野次郎右衛門忠常の謹直な勤め振りによるもので、剣の技とはまったく関係なかった。

「人を斬らぬ剣術遣いなど、畳の上での水練よりたちが悪い。型にはまった術は錆《さ》びる」

「承知のうえ」

小野次郎右衛門忠常が述べた。

「これ以上、小野家の仏間に位牌《いはい》を増やすわけにはいかぬ」

聞いた緋之介が身震いした。

小野家には、大きな仏間があった。そこには、小野忠明が斬った者たちの位牌がずらりと並べられていた。その数じつに二百をこえている。蠟燭《ろうそく》の灯《あか》りの揺らめきで陰影をつくり出す位牌の群れは、鬼気迫るものがあり、子供のころから緋之介は仏間に近づくのも苦手であった。

「先日、仏間に新たな位牌が増えました」

将軍家剣術指南役の失墜を狙って忍びこんだ曲者《くせもの》を、小野次郎右衛門忠常は斬り殺していた。

「人を斬ればかならず恨みが生じまする。恨みはいつかあだになりまする」

剣士として生きていくとなれば、恨みの数だけ腕はあがり、肚《はら》が据《す》わった。背負わねばならぬ業《ごう》ではあるが、身のためになった。しかし、旗本として代を重ねるに、恨みはさまたげでしかなかった。

「あいわかった。長々と逗留《とうりゅう》しすぎたようだ。狂気を厭《いと》う家に儂がおるわけにはいかぬ」

「…………」

「忠也さま」

小野次郎右衛門忠常と緋之介は、驚愕した。

「いまさら侍になることもできぬ。また、跡を継がせる子がおるわけでもない。儂は死ぬまで剣術遣いでありたい。だからこそ、ここにいてはならぬ。このままでは、我が狂いが本家を侵すかも知れず、ぎゃくに儂が丸められてしまう恐れもある」

「しかし……」

引き止めようとした緋之介の口を小野忠也が封じた。

「おまえもだ。嫁を取り家を興すとなれば、狂気を捨てねばなるまい」

「…………」

緋之介は言い返せなかった。

「さて」

小野忠也が腰をあげた。

「友悟、なにをしておる。儂がおるあいだに教えねばならぬことが山ほどあるのだ。寸刻も無駄にはできぬ。稽古をつけてくれる」

「……はい」

あわてて緋之介も立ちあがった。

「御当主、隠し道場を使わせていただくぞ」

道場から小野忠也が出ていった。

小野家には隠し部屋があった。道場と母屋《おもや》を繋《つな》ぐ廊下をわたったところに、四方を板でしきり、外からうかがうことのできない道場を設けていた。

どの流派でも同じであるが、一子相伝あるいは、皆伝、秘伝などは、極秘裏におこなわれる。小野次郎右衛門忠常は、明暦《めいれき》の大火で焼け落ちた屋敷を再建するときにこの隠し道場を用意した。

「刃引きを持て」

隠し道場に入った小野忠也が言った。

「はい」

承諾しながら、緋之介は緊張した。

刃引きとは、真剣の刃を潰して切れなくしたものである。真剣に等しい稽古ができるかわりに、一つまちがえば命を落としかねない危険な行為であった。

「よいか。儂はあと十日で江戸を去る。その間に儂が伊藤一刀斎さまより教えられたすべてを伝える。おまえが覚えられるかどうかなど気にせぬ。よいな。十日間、ついてまいれ」

「お願いいたしまする」

緋之介は刃引きをさし、下緒《さげお》を腰に回して固定した。

「参るぞ」

小野忠也が腰を落とした。右足のつま先で道場の板を摑《つか》むように、ゆっくりゆっくりと前に出し始めた。

「…………」

緋之介は刃引きを抜いて青眼に構えた。

本来ならば、稽古をつけてもらう格下からかかっていくのが礼儀であった。しかし、小野忠也の稽古がそうでないと緋之介は理解していた。

小野忠也は緋之介に技を見せるだけであった。緋之介は、小野忠也の動きに応じながら、そのすべてを脳裏に刻みつけていくのだ。

今すぐ身につく、ただちに新しい技が遣えるわけなどないのだ。頭に記憶させた師匠の動きを、なんどもなんども繰り返し、身体に覚えさせていく。何年もかけてようやく己のものへとしていく。緋之介は、小野忠也の一挙も見逃すまいと集中した。

「いやああ」

腰を大きくひねりながら、小野忠也が太刀を鞘走《さやばし》らせた。

ほんの少し腰骨より高い位置を小野忠也の太刀が水平に薙《な》いだ。

「……くっ」

見ている余裕もなく、緋之介は後ろに跳んでかわした。読んでいた見切りより二寸（約六センチメートル）も小野忠也の太刀先が食いこんできた。

「はあ」

はずれた太刀を小野忠也は流れるような形で、振り戻してきた。

「…………」

緋之介は息をする余裕もなく、さらに下がった。

下段に変わった小野忠也の一刀が、緋之介の股間へと伸びた。

「つうう」

間に合わないと緋之介は太刀を落とした。

火花が散って、刀が嚙《か》みあった。

「えっ」

下から斬り上がる太刀より振りおとす一刀が重いにもかかわらず、弾《はじ》かれたのは緋之介の腕であった。

緋之介は両腕を上にあげさせられた形になった。

「おう」

小野忠也の太刀が水平に緋之介の腹を突いた。

「参った」

刃引きとはいえ、切っ先は鋭い。小野忠也の太刀は、稽古着を貫いて緋之介の腹を突いていた。

怪我《けが》の治療も許さず、ふたたび小野忠也が太刀を鞘に戻した。

「次」

「お願いいたしまする」

教えを請う者にとって、師匠は絶対である。

緋之介は、太刀を青眼に構えなおした。

明かり取りの窓がない隠し道場、四隅に置かれた蠟燭だけが頼りである。用意されていた蠟燭をすべて使いきって、ようやくその日の稽古は終わった。

「ありがとうございました」

礼をするのが精一杯であった。緋之介は、そのまま気を失った。

「生き残るための修行か。狂う時代は終わった」

落ちるように小野忠也も坐りこんだ。

三

四月一日、月次《つきなみ》登城をした江戸在府の大名たちは、それぞれの格式に応じた部屋で老中からの通達を受けた。

「本寛文三年（一六六三）は、先代上様の十三回忌にあたるをもって、日光東照宮《にっこうとうしょうぐう》にて法要をおこなう。供奉《ぐぶ》を願う者は格式に応じた人数を調え、大目付《おおめつけ》まで届け出るように。また、上様お留守中のいっさいは、保科《ほしな》侍従、松平《まつだいら》式部大輔に預ける」

すでに留守居役をつうじて、日光参拝の日時は各大名に報《しら》されている。大名たちは静かに話を聞いた。

書院番、小姓組の人選はすでにすんでいた。書院番から三組、小姓組から二組が日光への供を命じられた。

「須貝但馬守《すがいたじまのかみ》」

日光供奉の役目からはずれた書院番三番組の組頭が、老中阿部豊後守から呼びだされた。

「なにか御用でも」

将軍外出の供をし、その身辺警固を担うのが書院番組である。小姓と並んで両番士と称され、旗本の名門から選ばれた。組頭は役高四千石、布衣《ほい》格を与えられ、旗本のなかでも重きをなしていたが、老中の前では借りてきた猫同然であった。

「うむ。貴殿に頼みがあっての」

「わたくしめにでございまするか。なんなりと」

老中の目に留《と》まることは出世の早道である。須貝但馬守は、愛想を言った。

「小野を貸してもらいたい」

「……小野次郎右衛門忠常でございまするか。たしかに、我が組下ではございまするが、何にご入り用でございましょうや」

聞いた須貝但馬守が首をかしげた。

小野次郎右衛門忠常は将軍家剣術指南役の家柄ではあるが、今は八百石取りの平書院番士でしかなかった。老中から貸せといわれるほどの人物とは、思えなかった。

「この度の日光東照宮ご参詣の供奉にくわえたいのだ。但馬、そなたも覚えておろう、小野次郎右衛門忠常が、先日……」

公式には、家綱が襲われたことはないとなっている。阿部豊後守は語尾を濁した。

「なるほど」

須貝但馬守が膝を打った。

「わかりがよくて助かる。但馬守、なにかとややこしいとは思うが、なんとか手配をいたしてくれ。もちろん、そなたの功績は、この豊後守がしかと覚えておくゆえな」

目の前に餌《えさ》をぶら下げて阿部豊後守が、手配を須貝但馬守へ押しつけた。

戦がなくなり、武よりも文が重んじられるようになると、どうしても慣例が幅をきかせるようになる。書院番もそうである。

もとは本丸四組、西の丸六組であったのが、秀忠の死後本丸、西の丸の区別をなくし八組とした。さらに二組増え現在十組となっているが、それぞれはまったく別個のものであった。人材の交流はなく、ともに競いあうといえば聞こえがいいが、そのじつ仲は悪かった。その組をこえて小野次郎右衛門忠常を供に加えるとなれば、かなりの軋轢《あつれき》が生まれるのは火を見るより明らかであった。

今でも家綱が襲われたのを救った小野次郎右衛門忠常への風当たりはかなりある。手柄を独り占めにした、あるいは、一人目立ってと、妬《ねた》みが組内どころか、書院番全体に拡がっていた。そこへ、老中からの一本釣りで抜擢《ばってき》されたとなると、他の書院番士たちの嫉妬《しっと》は頂点に達する。小野次郎右衛門忠常への有形無形の嫌がらせが強くなることは、須貝但馬守にもわかっていた。

須貝但馬守が下卑た笑いを浮かべた。

「お任せ下さいませ」

将軍家へ近い書院番頭にまで登ったのだ、須貝但馬守も家柄だけの男ではなかった。

須貝但馬守は、阿部豊後守の意図をくみとった。

小野次郎右衛門忠常を書院番に居づらくすることこそ、阿部豊後守が須貝但馬守へ求めた仕事であった。

「では、小野次郎右衛門の召しだしを伝えて参りましょう。御老中さまのお呼び出しは半刻《はんとき》（約一時間）ほど後で」

「うむ」

満足そうに阿部豊後守が首肯した。

「あともう一つ、小野次郎右衛門の子息友悟も格別に書院番格として同行するようにともな」

「お目通りもすんでおらぬ部屋住みの、しかも嫡子《ちゃくし》でもない者をでございまするか」

聞いた須貝但馬守が、驚いた。

「そなたが考えることではない。わかったな」

冷たく言い捨てて、阿部豊後守が背を向けた。

書院番士の勤務は、三日に一度、明け五つ（午前八時ごろ）から一昼夜の宿直《とのい》を経て翌朝の五つまでである。玄関前中雀門《ちゅうじゃくもん》および上埋門《かみうずみもん》など諸門の警衛と、殿中虎之間に詰め将軍外出の供を任としていた。

この日、小野次郎右衛門忠常は、虎之間詰めであった。

虎之間は、将軍家お駕籠台に隣接しているが、意外なほど将軍家御座の間からは遠かった。

「小野次郎右衛門はおるか」

虎之間に入ってきた須貝但馬守が、声をあげた。

「これに」

執務中はじっと端座し、食事あるいは用便以外は席を動かないのが決まりである。小野次郎右衛門忠常は、虎之間の奥で返答した。

「いたか」

須貝但馬守が、ずかずかと虎之間へ踏みこんだ。

「まもなく老中阿部豊後守さまよりお達しがあるが、余が内示をお預かりいたしたゆえ、あらかじめ報せおく」

「はっ」

老中の名前が出たので、小野次郎右衛門忠常は、少しだけ上体を傾けた。

「小野次郎右衛門忠常、上様格別の思《おぼ》し召しをもって、日光東照宮ご参詣の供奉を命じるとのことである」

「おおっ」

同席していた書院番士たちが、小野次郎右衛門忠常より早く声をあげた。

「わたくしが、日光のお供を」

確認するように小野次郎右衛門忠常が口にした。

「そうじゃ。江戸を離れ遠く日光まで参られる上様のお供を、とくに命じられたのである。これは名誉なことぞ。心して受けるように」

大きな声で須貝但馬守が述べた。

「……承りましてございまする」

将軍外出の供は書院番士の任である。小野次郎右衛門忠常は平伏して応諾した。

「格別の思し召しとは……」

「さすがは小野派一刀流の宗家じゃの」

「われらとは違う」

書院番士たちが、小声で話をかわした。

「あと……」

わざと須貝但馬守が言葉をきった。虎之間にいた書院番士たちの注意を、ふたたび集めるためである。

「子息友悟にも同様申しつけるとのことである」

「なんと」

「目見《めみ》え前の息子もか」

虎之間がざわついた。

「…………」

小野次郎右衛門忠常は、驚きよりも疑念が大きく返答をしなかった。

「ご無礼を承知のうえでお伺いいたしまする。嫡男の忠於ではなく、末子友悟をとのご諚《じょう》でございましょうか」

「そのとおりである」

「末子友悟は、いまだ上様へのお目通りもいたしておりませぬ。また、書院番としての心構えなどもできておらず、剣も未熟、とても大役を果たしかねまする。願わくば、友悟の任はご勘弁下さいますよう、お願い申しあげまする」

即座に小野次郎右衛門忠常は断った。

阿部豊後守と友悟こと緋之介の間にあるいきさつを、小野次郎右衛門忠常はもちろん知っていた。

「上意であるぞ」

須貝但馬守が告げた。

上意、将軍家綱の命といわれれば、旗本は断ることはできなかった。

「謹んでお受けいたしまする」

小野次郎右衛門忠常は、深く平伏して受けた。

「うむ。粗相のないようにな」

首肯して須貝但馬守が出ていった。

「おめでとうござる」

「いや、武門の誉《ほま》れでござるな」

親しい同僚が祝いを述べにきた。

「先日の手柄のおかげか」

「あの場に運よくいただけで、親子二人お召しだしとは」

しかし、皮肉を聞こえよがしに言う者のほうが多かった。

「書院番を親子二代か……これは将軍家剣術指南役を取りあげる代わりではないのかの」

虎之間もっとも奥に端座していた初老の書院番士が口にした。

書院番士五十名は、家格ではなく経験で上下が決まっていた。小野次郎右衛門忠常も書院番士としては古株になるが、それでも席次は五十名中十番前後であり、先達に対しては、一歩退《ひ》いた態度を取っていた。

「それは……」

流石《さすが》に聞き捨てならないと小野次郎右衛門忠常が、声を出した。

「まあ聞け」

初老の書院番士が小野次郎右衛門忠常を抑えた。

「今の上様になられてから、剣術指南のお声はかかっておるまい」

「………」

「もちろん、小野派一刀流だけでなく、柳生新陰《しんかげ》流も同様であろう。そもそも神君徳川家康公が天下を統一されて以来五十年、将軍家が戦場に立たれることはなくなった。つまりは、剣を学ばれずともよいのだ。上様のお身に万一がないよう、我ら書院番を始め、小姓番があるのだ。そうではないのか、小野よ」

先達である書院番は、後輩を呼び捨てにするのが慣例である。

「お言葉のとおりではござるが……剣の修行は武家としての素養でござる。武家の統領たる将軍家が、剣を修められぬというわけには」

「そのあたりが、変わってきておるのであろう。将軍家剣術指南役を有名無実なものとするより、剣に優れた小野家を代々書院番士として上様警固の任とするのがより理にかなっておる。そう阿部豊後守さまは、お考えなのではないか」

「……むう」

初老の書院番士の話を否定するだけのものを小野次郎右衛門忠常は出せなかった。

「なにはともあれ、我が組からとくに選ばれて上様のお供をいたすのである。粗相などいたして、組の顔に泥を塗るようなまねはいたしてくれるなよ」

「いやいや、小野次郎右衛門どのは、侍のなかの侍、旗本のなかの旗本でござる。恥を掻《か》くようなふるまいをなさることはございますまい。万一、そのようなことがあれば、生きて江戸の地を踏まれず、潔く一身を処せられるものと確信しておりまする」

席次が小野次郎右衛門忠常より少し若い書院番士が、初老の書院番士の話に媚《こ》びるような返答をした。

「たしかに、たしかに」

初老の書院番士も同意した。

一刻（約二時間）ほどのち、阿部豊後守に呼びだされた小野次郎右衛門忠常は、お供の準備のため、当日の勤務と出発までの勤番を免じられ、屋敷へと戻った。

「お早いお帰りでございますな」

出迎えた忠於が首をかしげた。

「ご老中さまより、上様日光参詣への供奉を命じられた」

「まことに」

忠於が驚愕した。

「だけではない。友悟めも書院番士格として同行せよとのお話じゃ」

「そのようなことありえませぬ」

聞いた忠於は絶句した。

「過去になくとも、現実なのじゃ。友悟めは隠し道場か」

「はい。今朝も六つ（午前六時ごろ）から籠《こ》もりきりでございまする」

「そうか」

忠於の返事に、小野次郎右衛門忠常は着替えることなく、隠し道場へと向かった。

隠し道場の壁は分厚い。なかの声が外に漏れないようとの配慮だったが、それは逆の意味で不便であった。

「友悟」

小野次郎右衛門忠常は、隠し道場の扉を強く叩《たた》いたが、変化はなかった。

「やれ、どうにかせねばならぬな」

しばらくして小野次郎右衛門忠常は、扉を叩くのを諦《あきら》めた。

「しかたあるまい」

静かに小野次郎右衛門忠常が、呼吸を整えた。

「はあぁ」

扉の向こうへ、小野次郎右衛門忠常が殺気を投げた。

「おうりゃあ」

小野忠也の一撃が、緋之介の臑《すね》を襲った。

「くっ」

軽く跳びあがってこれをかわした緋之介は、そのまま跳ねあがってくる小野忠也の一刀を避けきれなかった。

刃引き刀とはいえ、真剣には違いない。重さも堅さも木刀とは比べものにならなかった。緋之介は臑の骨をたたき割られる覚悟を決めた。

「なにっ」

まっすぐ太刀を操っていた小野忠也が、柄を離した。殺気に反応し、さっと緋之介を捨てて振り返った。剣士としての本能が、緋之介よりも殺気を優先した。手を放れた刃引き刀は、惰性で緋之介の足にぶつかったが、威力もなく床へと落ちた。

「ご当主どのか」

すぐに小野忠也が気づき、隠し道場の扉にかけていた閂《かんぬき》をはずした。

「すまぬな」

稽古中に割って入った詫《わ》びを小野次郎右衛門忠常は、まず口にした。

「それはよろしいが、なにかございましたのか」

剣に対して真摯な小野次郎右衛門忠常が、稽古中の邪魔をしたのだ。よほどのことがあったなと、小野忠也が真剣な顔をしたのも当然であった。

「じつは……」

小野次郎右衛門忠常が、経緯を述べた。

「ふうむ。御当主どのだけでなく、友悟もでござるか」

小野忠也が腕を組んだ。

「罠《わな》でござろうな」

少し思案した小野忠也が断じた。

「まちがいあるまい」

はっきりと小野次郎右衛門忠常が同意した。

「阿部豊後守にとって目障りな小野家と……」

「五代将軍の座を狙って暗躍している者どもを同時に片づける」

二人が顔を見あわせた。

「さすがに江戸城にあれば、なかなか将軍の命を狙うことは難しい。毒を盛ろうとしても何重にも用意された毒味がそれをさせてくれぬ。また、台所役人にせよ、小姓にせよ、将軍に毒をもったとなれば、ただではすまぬ。己の首だけではなく、一族郎党まで刑場の露とされ、家は未来永劫取り潰される。将来の出世を約されたところで、のる馬鹿はおらぬ」

幕府においてもっとも重い罪が謀反《むほん》である。将軍の命を狙うことは、謀反と同じ扱いとなり、切腹さえ許されなかった。刑までに死していても、墓から暴《あば》き出されたうえ、首を斬られ、晒《さら》される。さらに九族まで磔《はりつけ》獄門なのだ。幼子といえども扱いは同じ、確実に血は根絶やしとされた。どれほどの栄華栄達を約束されようとも、わりのあうものではなかった。

「忍《しのび》を使おうにも、江戸城は伊賀者と甲賀者《こうが》が二重に護っている。そこらの田舎忍では、どうともなるまい」

甲賀者は表向き大手門の警衛を任としながら、内廓全体を警戒している。そして城内は大奥を含めて伊賀者が結界を張っていた。

「上様がお城を出てこられる。これは絶好の機会」

「いかにも。なればこそ、安宅丸観船のおりも襲われたのでござる」

小野忠也が締めくくった。

「今度は城を出るだけではなく、日光まで。泊まりも多い。狙う機会はいくらでも作れましょう」

「誘い出し」

「はい。かといって四代さまを亡き者にしたい輩《やから》たちも、罠と知りつつ、見すごすことはできますまいな」

「わたくしと友悟は、その盾」

「そして、狡兎《こうと》死して、走狗烹《に》らる」

きびしい顔で小野忠也が言った。

「しかし、断るわけには参らぬ」

小野次郎右衛門忠常が首を振った。

「生き残ればよろしい。さすがに書院番をあからさまに殺しには来ませぬでしょう。暗器への注意だけをしておけば、大事にはいたりますまい」

小野忠也の言葉を受けて、小野次郎右衛門忠常が緋之介を見た。

「こやつが不安じゃ」

「未熟でござるゆえなあ」

二人から嘆息された緋之介は、ようやく稽古で乱れた息を整え終わった。

「暗器を防ぐには……」

「気配をどれだけ早く感じるかでしょうな」

小野次郎右衛門忠常の問いに、小野忠也が答えた。

「どういうことでございましょうぞ」

緋之介は問うた。

「よろしいかな、御当主」

「任せる」

「殺してしまうやも知れませぬ」

「武家に生まれてきた者よ。いつ死んでも惜しくない生きかたをしておるはず。とくにこいつは、死にたがっておるようじゃしな」

小野忠也の危惧《きぐ》を小野次郎右衛門忠常は受けいれていた。

「承知いたしましてござる。では、さっそくに始めたいと存じまする」

「よしなに」

ていねいに頭をさげて、小野次郎右衛門忠常が隠し道場から出ていった。

四

「友悟、遊んでいる暇はなくなった。今から本気でいくぞ」

扉が閉まるのを確認した小野忠也が宣した。

「本気……」

二人だけの稽古の五日間、生きた心地さえしなかった。それが小野忠也にとっては、遊びでしかないといわれて、緋之介はあまりの差に絶句した。

「殺す気でいく。ここで生き残れればよし。でなくば、いずれ殺されるのは見えている。小野の名前を冠した者が、屋敷の外で斬り殺されるようなまねは許されぬ。ならば、表に出ぬところで引導を渡してやるが慈悲」

「…………」

緋之介は喉《のど》がからからになった。

「四隅の灯りを消せ」

小野忠也が命じた。

「なにを……」

一瞬、緋之介は理解できなかった。隠し道場はどこからものぞかれることのないように、窓のたぐいは作られていない。四隅に立てられている燭台《しょくだい》、そこで燃える蠟燭だけが灯りであり、消せば鼻をつままれてもわからないほどの暗闇《くらやみ》になる。

「さっさとせぬか」

「はっ」

師の言葉は絶対であった。

緋之介は、四隅の蠟燭を吹き消していった。

最後の蠟燭を消した途端、緋之介はなにも見えなくなった。

「いくぞ」

小野忠也の声とともに、すさまじい殺気が襲ってきた。

「つっ」

緋之介はあかりが消える前の記憶をたよりに、身を投げだしてかわした。

「ぬん」

続けて小野忠也の一撃が来た。

「…………」

どこに切っ先があるかもわからないのである。見切りなどできなかった。緋之介は大きく身体を跳ねさせ、逃げるしかできなかった。

地に伏した敵は討ちにくい。これは、太刀の長さ、手の位置などでかわるとはいえ、真実であった。地に届くほど太刀を落とせば切っ先が喰いこむ、あるいは、勢い余って己の足を傷付けることもある。対して、倒れている敵の太刀はわずか伸ばすだけで、臑や膝に痛撃をくわえることができる。

しかし、小野忠也は躊躇《ちゅうちょ》しなかった。道場の床に倒れた緋之介めがけて、遠慮なく打撃を送った。

「うわっ」

緋之介はあわてて転がった。すでに瞼《まぶた》に残っていた道場の風景など吹き飛んでいた。

緋之介は道場の羽目板に背中をぶつけて、呻《うめ》いた。

「ううっ」

痛みが和らぐのを待つ余裕はなかった。緋之介は、詰まった息を無理矢理吐いて、さらに転がった。

道場の羽目板に小野忠也の一撃が食いこんだ大きな音がした。

「……………」

緋之介は背筋が凍った。今の一撃をまともに食らえば、まちがいなく脳天を割られて即死している。

大きく跳ねて、緋之介は間合いを取ると、急いで立ちあがった。

緋之介は、あがり始めた息を無理矢理抑えこんだ。

目のきかない暗闇で、敵の位置を知るのは音である。緋之介はわずかずつ足ですりながら、位置をかえつつ呼吸を整えた。

おそらく小野忠也がいるであろう方向に切っ先をむけ、青眼の構えをとった。

青眼は守りの形であった。身体の正中に刃《やいば》をあわせることで、左右どちらからの一撃にでもほんの少しの動きで対応できる。そのぶん攻撃に移るには刀を上にあげるか、左右の脇《わき》へ引きつけるかの一挙動が必要となるが、今の緋之介には攻勢に出るだけの余裕などなかった。

緋之介は耳に意識を集中した。小野忠也が発する呼吸、足送りなど少しの音でも聞き逃すまいと必死であった。

「えっ」

聞こえてきたのは、刃が風を切る音だった。

あわてて柄を握りしめ、太刀を立てて受けた。

刃引き刀同士がぶつかって、激しい火花を散らした。刹那《せつな》、暗闇に光が灯《とも》った。

「うっ」

緋之介は、半間（約九〇センチメートル）、必死の間合いを割りこむほどの近くに、小野忠也の姿を見て息をのんだ。

しかし、火花の灯りはすぐになくなり、ふたたび漆黒の闇が、小野忠也を隠した。

あわてて緋之介は後ろに跳んだ。間合いを開けなければ、それだけしか考えられなかった。

ふわっと風が緋之介の顔にあたった。

「ばかな」

緋之介は、それが小野忠也の動きに伴うものだと理解しながらも、音がまったく聞き取れなかったことに愕然《がくぜん》としていた。

刃風に押しこまれて、より緋之介はさがるしかなかった。

「…………」

無言で小野忠也が追撃してきた。

緋之介の息があがった。

人にとって暗闇は恐れである。剣術や槍《やり》はもちろん、弓、鉄砲にいたっては目で見ることなくしては、撃ちようがなかった。

どうしても勝てない相手と逃げ場のない暗闇で対峙《たいじ》することに、緋之介は心の底から震えた。

ただいくどとなく死地をくぐりぬけた経験が、かろうじて緋之介を恐慌に落とさなかった。

緋之介は目をこらして小野忠也の姿を求めた。太刀が来た方向が正しいとはかぎらない。緋之介と違い、小野忠也はこの暗闇のなかでも的確に動いている。緋之介は、小野忠也がなぜ自在に動けるのか、わからなかった。

完全な暗闇というのはまず存在しない。

月のない夜でもわずかな星光が、ものの輪郭を浮かびあがらせてくれる。夜目がきくとは、この輪郭をよく見つけることができる者のことをいう。隠し道場のようにすべての光を拒んだ場所では、夜目など意味がなかった。

ゆっくりと息を細く吸い糸のように吐くことで、緋之介は落ちつこうとした。荒い息をつけば、音で位置がわかってしまう。そう考えて緋之介は息を殺したのだが、意味はなかった。

緋之介が息を吸い始めたのを見ていたかのように、風が落ちてきた。

「うっ」

吸いかけていた息を止めて、緋之介は右へと身体を投げだした。なんとか倒れるのだけは防いだが、青眼の構えをとる暇はなかった。

気づいたときには遅いと緋之介は悟った。剣の修行に読みというものがある。読みとは、敵の姿勢から次の一手を予想し、もっとも効果のある対抗手段をあらかじめ考えておくことだ。こう来るならば、こう返すといったもので、積み重ねてきた稽古で身につくものであった。先の先、先の後、後の先といった剣の動きは、この読みのうえになりたっている。しかし、相手が見えなければ、すべてが使えなかった。

緋之介は一刀流の型を無視して、腰をかがめ、太刀を前に突きだした。威《い》の位を極意とする一刀流は、背筋をまっすぐに伸ばした堂々たる大上段を誇りとしていた。それを緋之介は忘れた。

小野忠也の斬撃《ざんげき》に迷いはなかった。刃引き刀でも頭や首にあたれば、致命傷になる。胸や腹を突いて破ることもできた。すべて承知で小野忠也は、緋之介を追い詰めていた。

本気の小野忠也になりふりかまう余裕を失った緋之介は、へっぴり腰のような体勢で、太刀を前に突きだし、少しでも早く小野忠也の接近を知ろうとしていた。

緋之介は、切っ先に全神経を集めた。使えなくなった目の代わりを切っ先にさせるつもりであった。

手のなかに小鳥を摑みながら、逃がすことなく潰すことなく。柄を持つときの心得を緋之介は実践していた。かろうじて切っ先を維持できるだけの力で支えることで、わずかな揺れも緋之介の手もとへ届く。

緋之介は、小野忠也が動くときにかき乱す空気の流れを、切っ先で探ろうと考えた。

切っ先が揺れを受けたと思ったときには、遅かった。緋之介はすさまじい体当りを喰《く》らって壁まで吹き飛ばされた。

「たわけがっ」

小野忠也の最初の発声はすさまじいまでの罵《のの》りであった。

「…………」

背中をしたたかに打った緋之介は、息もできなかった。

「灯りをつけろ」

激痛に身をよじっている緋之介に、小野忠也が冷たく命じた。

「……は、はい」

悲鳴をあげる節々に力を入れて、緋之介はようやく手近な燭台に火を入れた。真っ暗だった道場にぼんやりと灯りがついた。

「逃げおって」

小野忠也の顔は鬼になっていた。

「初めて剣を持つ子供でさえ、もう少しまともであるわ。切っ先だけを突きだし、己の身を後方に置くとは、剣をあつかう者とは思えぬ臆病さ」

「あれは気配を少しでも早く……」

「詭弁《きべん》を弄すな」

緋之介の言い訳を、小野忠也が切ってすてた。

「あの体勢で、気配を知ってどうするというのだ。腰の引けた構えからどのような動きができる。先手をとれるのか、いや、打ち太刀を防げるのか」

「うっ……」

きびしい指弾に緋之介は反論できなかった。

「性根ができておらぬ。死にたがりだと思っておったが、そのじつは単なる臆病者でしかなかったか。このような者が小野の血を引くかと思えば、情けないわ」

小野忠也の怒りはおさまらなかった。

「なぜ命をかけぬ。人は絶体絶命の危機に陥って初めて持てるすべての力を出すことができる。そなたにはその命をかける覚悟がない。命を捨てることだけを考えてきたからだ。きさま、水戸《みと》の姫と生きていく決意をしたのではないか。目の前で失った命を思い続けるのはやめたのではないのか」

「…………」

言われて緋之介は沈黙した。

「死ぬことはたやすい。そう、灯明と同じだからな。燃えていた火が消える。ただこれだけだ。消してしまえばいいのならば、あらたに油を注ぐこともいらぬ。火芯を切り調える必要もない。死の覚悟をした剣士は違う。灯《ひ》を消すために戦うのではない。相手の灯を消すために命の遣《や》り取りをする。勝ち負けはときの運ではあるが、そのあとのことも考えてこそ死の覚悟なのだ」

「……すみませぬ」

緋之介は生きたがった己を恥じた。

「しばらく座禅でも組んで心を養え」

荒々しい足音を残して、小野忠也が、隠し道場を出ていった。

小野家で座禅といえば、仏間で端座することをしめした。

緋之介は、痛む身体を引きずって、仏間へと向かった。

灯明の灯りを失えば、殺された者たちの怨念《おんねん》があふれ出るとおそれているかのように、小野家の仏間は四六時中蠟燭を灯していた。

「始祖」

仏間にそぐわぬ小さな仏壇に飾られているものこそ、小野家累代の位牌であった。

緋之介は剣鬼と怖《おそ》れられた祖父忠明の位牌に一礼し、瞑目《めいもく》した。

瞼を閉じたところで、二百をこえる蠟燭の火は映る。痛みに精神の集中を阻害された間は気づかなかったが、集中し始めて緋之介は、瞼を透過する灯りに明暗を見つけた。

閉めきった仏間で風もないのに灯りが揺らいでいる。

緋之介は目を開いた。

何段にも積みあげられた位牌、小野忠明によって斬られた者たちの恨みが緋之介を見ていた。

尋常な剣の勝負で負けた者から、闇討ちに近い手で殺された者、なかには辻斬《つじぎ》り同然で殺された者もいる。

小野忠明は剣のためなら、手段を選ばなかった。もちろん、逆もあった。道場主を殺された弟子たちによる数を頼んだ復讐、鉄砲や弓を使った闇討ちなど、小野忠明も死地を経験し、切りぬけてきた。

そこにあるのは、いつも命のやりとりであった。

紙一枚の差が、生死をわけた。

死んだ者の刻《とき》は、そこで止まり、生き延びた者はさらなる地獄を進んでいく。剣術遣いの道は、人としてまともなものではない。

小野忠明の狂気は、戦国という人が人を殺し、敵のすべてを奪って生き延びていく時代なればこそ許された。いきなり隣人が斬りかかってくることのない泰平の世では、異端でしかない。小野忠明は生まれるべきときに生まれ、死すべきときに死んだ。おかげで小野家は旗本として生き延びた。

宮本武蔵が、終生主取りをすることなく、生まれ故郷を遠く離れた熊本の地で客死するしかなかったのは死にどきをまちがえたからであった。

「小野家は旗本として続いていく。父はそう断言した」

緋之介は、父の言葉を思いだしていた。

「それは、人を斬らぬことではない。先日も父は上様の身をお護りするため、遠慮なく敵に向かっていかれた」

ようやく緋之介は、父の言葉が理解できた。

「剣術遣いとは、無用の死を呼ぶ者。旗本とは、将軍のために敵を倒す者。なれば、吾《われ》の剣はなんのために。吉原か、それとも光圀《みつくに》さまか」

己の剣をどこに向ければいいか、緋之介はあらたな悩みをもった。

ふと、緋之介は、新しい位牌が加わっているのを見つけた。

「これは……」

近づいて位牌を見た緋之介は、施主の名前を見て驚いた。

「父上、兄上」

あわてて位牌の表に書かれた死者の名前を緋之介は追った。

「俗名不詳《ふしょう》、忍」

新しい位牌に書かれていたのは、それだけであった。

「屋敷へ忍が」

日付がひとしく、父と兄の名前が書かれているとなれば、戦いの場はこの屋敷以外に考えられなかった。

「屋根を破ってやってきたのよ」

静かに仏間の襖《ふすま》が開いて、小野次郎右衛門忠常が入ってきた。

「まったく、身元が知れぬでは、屋根の修理代の請求もできぬ」

小野次郎右衛門忠常が嘆息した。

「父上、そのおりはどこに」

「道場で忠於と稽古していたわ」

緋之介の問いに小野次郎右衛門忠常が答えた。

「よくぞ、それでお気づきに……」

「わからぬのか、お前は。忠於でさえ気づいたぞ」

あきれたように小野次郎右衛門忠常が言った。

「気を配っておればわかろう。住み慣れた屋敷ぞ、隅々まで気を配っておるのが、当然であろう。おまえも西田屋《にしだや》どのが離れにおれば、同じではないのか」

言われて緋之介は眼から鱗《うろこ》が落ちた気がした。

「師匠……」

小野忠也が、父を寄こしてくれたと緋之介はわかった。

「その場その場で、一瞬に目に入る範囲すべてを把握すればいい。そこに気を配っていれば……」

「うむ。自ずから気配を感じることができる」

「ありがとうございまする」

緋之介は、ここにはいない小野忠也に向けて、深く平伏した。

第二章　決死の旅路

一

たとえ領国で殿さまであろうとも、江戸では大名の一人でしかない。整然と隊を組んでいるとはいえ、制止の声をあげることもなく、大名行列はしずしずと進んでいく。

「またかい。じゃまだねえ」

辻《つじ》を大きく占領する行列に、庶民が悪態をついた。

「気にするねえ。江戸は天下の将軍さまの城下町、田舎《いなか》大名の行列なんぞ、めずらしくもありゃしねえ」

腹掛け一つの職人が、行列の間を通り抜けた。

供先を突っきる者は斬《き》り捨て御免。これは領国だけで認められたものである。他領はもちろん、まして江戸で庶民を斬るなど、藩の存亡にかかわった。

藩士たちは表情一つかえず、粛々と歩んでいった。

「ありゃあ、内田《うちだ》さまだねえ」

めずらしい丸に鈴付轡《くつわ》の紋で、行列の主はすぐに知れた。一万五千石、鹿沼に陣屋をおく譜代大名の内田出羽守正衆《まさもろ》であった。先代内田正信《まさのぶ》が家光の小姓《こしょう》組番頭として寵愛《ちょうあい》を受け、加封によって今の身代となった。正信は家光に殉死《じゅんし》し、跡を継いだ出羽守正衆も家綱に忠誠を誓っている筋金入りの譜代であった。

その内田出羽守が、参勤の時期でもないのに国へ戻るのは、家綱日光参拝に備えるためであった。

立ち寄ることはないが、鹿沼近くを家綱が通るのだ。街道筋でお出迎えするのは当然である。出迎えに粗相がないよう、内田出羽守は己の目で準備を確認するために、急ぎ帰国の途へついたのである。

「将軍さまが日光へお出でになるんだってなあ」

庶民たちも家綱が城を出ることを知っていた。

「らしいな。おかげでこっちは、あがったりよ。将軍さまのお通りがあるまで、家作、造作いっさい停止だとよ」

大工の棟梁《とうりょう》らしい男が嘆息した。

「そら災難だな」

「まあ、火事や騒動のもとになっちゃあ、首と胴がお別れものだからなあ。お成りが終わってから必死に働くさ」

「棟梁のところは、いい職人を抱えているから、あぶれることはあるめい」

隣にいた男が相槌《あいづち》をうった。

「といったところで、お天道さまのご機嫌が悪けりゃ、あがったりなんだがな」

そう言って大工の棟梁が天を見あげた。

将軍の宿泊所とならなくとも、街道筋の大名たちは皆領国へと戻っていた。街道の修復や管理は道中奉行の職務であるが、実際の手当にあたるのは各大名たちなのである。万一、将軍の乗る駕籠《かご》を担ぐ陸尺《ろくしゃく》が、穴にでも蹴躓《けつまず》けば、よくて閉門、下手《へた》すれば減封のうえ、僻地《へきち》へ飛ばされてしまう。

家綱が江戸城を出て、ふたたび戻るまで、街道筋の大名たちは気の休まる間もなかった。

その大名たちよりも供奉《ぐぶ》していく旗本たちのほうが、繁忙であった。

早くから内示は受けているとはいえ、参勤交代のない旗本たちは旅をした経験さえないのだ。なにをどれだけ用意していいのかさえわからず、右往左往するだけであった。

「高木《たかぎ》どののもとへ、問い合わせをいたせ。長崎奉行を経験されておられるゆえ、旅のことには詳しかろう」

「供は軍役どおりに用意するのか。ならば、急ぎ口入れ屋に申して、人を手配させねばならぬ」

すでに戦国ははるか昔となった。幕府が決めた軍役の数だけ家臣を抱えている家など皆無にひとしい。

「しかし殿、そうなりますれば、道中の費《つい》えも増えまするる」

用人が泣きそうな声を出した。先祖代々の禄にすがるしかない武家は、年々上昇する物価への対応ができなかった。どこも内情は火の車である。幕府から供する旗本たちへ、少しばかりの合力金は出るが、とても費用の全部をまかなえない。

「ううむ」

どこの旗本もお手上げであった。

書院番《しょいんばん》小野次郎右衛門忠常の屋敷も大わらわであった。さすがに家を継ぐまで、諸国剣術修行の旅をしたことのある小野次郎右衛門忠常は、落ちついていたが、ついていく家臣たちは初めての経験にとまどうしかなかった。

「友悟の準備はどうなのだ」

小野次郎右衛門忠常が、妻に問うた。

「友悟の用意は、すべてあちらが」

「水戸さまがか」

「いえ、吉原の皆さまが」

首を振った妻が、小さくほほえんだ。

「そうか、ならば安心だの。だが、小野家の息子として同行を命じられたのだ。旅立ちはこの家からせねばならぬ。前日までには帰って参るよう使いを出しておきなさい」

「はい」

命じられた妻が首肯《しゅこう》した。

実家ではなく寄寓先《きぐうさき》で緋之介は呆然《ぼうぜん》としていた。

「緋之介さまの用意は、あちきにお任せしゃんせ」

明雀《あけすずめ》が、三浦屋《みうらや》から出向き、すべての指揮を執っていた。

「いや、旅のことくらい拙者《せっしゃ》でも……」

大和《やまと》柳生道場へ修行に出向いていたこともある。緋之介は、旅慣れているとまではいわないが、多少のことなら承知していた。

「男さんのご用意では、かならず間が抜けやんす」

手出しはするなと、明雀が首を振った。

「そうでありんす」

「あい」

手伝っていた遊女たちが同意した。

「しかし……」

「織江さま、やらせてやってくださいませ」

同席していた西田屋甚《じん》右衛《え》門《もん》が、言った。

「遊女たちは、旅どころか、この吉原から出ることもかないませぬ。せめて旅の匂《にお》いだけでもかがせてやってくださいませ」

小さな声で囁《ささや》きながら西田屋甚右衛門が頼んだ。

「……気づかず、申しわけない」

緋之介は、己のいたらなさに赤面した。吉原の住人として迎えられていると自負していながら、遊女たちの機微一つにさえ思いがいたらない。緋之介は未熟さを情けなく思った。

「いえいえ。それに古来より、旅人の用意は遊女の仕事でございましたし」

西田屋甚右衛門が笑った。

古来一夜の宿を求めてくる旅人に、娘や妻をさしだす風習はあちこちにあった。これは旅人がもってくる新しい知識への礼でもあり、また、狭い地域での婚姻で血が濃くなることをさけるためであった。一夜を共にした旅人の出立を、女が手伝ったことを故事として、遊女による旅の用意の習慣は生まれた。

「頼んだ」

楽しげに笑いながら、旅支度を調《ととの》えていく遊女たちに、緋之介は頭をさげた。

「織江さま」

より小さな声で西田屋甚右衛門が呼びかけた。

「なにか」

緋之介も小声で応じた。

「忠也さまがお帰りになられたのは、まことでございまするか」

「うむ」

西田屋甚右衛門の問いに緋之介は首肯した。

約束どおり十日目の朝、小野忠也は、九段下の屋敷を発《た》った。その足で吉原に立ち寄って、西田屋の格子女郎霧島《こうしじょろうきりしま》を落籍《ひか》させ、連れていった。

「もう江戸におらぬやも」

小野忠也の行動力に緋之介は憧れていた。

「忠也さまは、たしか安芸《あき》広島でございましたな」

「そうだが……」

「ならば、まだ江戸におられましょう。霧島の手形がございませぬゆえ」

確信を持って西田屋甚右衛門が述べた。

表向き、遊女は売られたのではなく、年季奉公に出た形を取った。

最初に前借りした賃金に見合うだけの稼ぎをするか、決められた年限を過ごすかすれば、吉原から出ていくことができた。しかし、普通の庶民に戻るには手続きが要った。人別である。

すべての人は、どこかの寺社に属し、そこで人別を管理されていた。遊女となって苦界《くがい》へ身を落とすことは、いっとき人別からはずされることを意味している。生きて無事に大門を出ることができた幸運な女は、まず菩提寺《ぼだいじ》に手紙を出して人別の復帰と、手形の送付を頼まなければならないのだ。手形が届かない間は、家を借りることも仕事にありつくことも、郷《さと》へ帰る旅を始めることもできなかった。

「霧島の実家は房総でございまする。いくら飛脚を走らせても、往復と寺での手続きに四日以上かかりまする。さらに手形が届いても、そのままでは旅に出ることはできませぬ。あらたに今滞在している江戸の町役人《ちょう》に申し出て、手形の補記をつけていただかねば、箱根の関所はこえられません」

入り鉄砲に出女といわれるほど、幕府の監視は厳しかった。侍は名前と身分を名のるだけですむ関所でも、女は手形の徹底した確認から身体《からだ》の検《あらた》めまでさせられた。身代わりなどを避けるため、女の手形には顔つき、髪型からほくろの位置まで詳細に書きこまれる。とはいえ、実家を出て数年ともなると、女の容姿は変わる。少なくとも身体つきや髪型は違っているのだ。そこを町役人によって補正してもらわなければならなかった。

「そうなのか」

緋之介は女手形の複雑さを知らなかった。

「はい。それに江戸の町役人は多忙で、手形は十日以上待たないと出してくれませぬ。

少なくとも霧島はこの四月一杯は江戸から離れることはできませぬ」

西田屋甚右衛門が断言した。

「それでも忠也どのは、出ていかれた」

「はい」

その原因が己であると、緋之介は忸怩《じくじ》たる思いであった。

「おもしろいお方でございましたなあ」

「…………」

忠也がいなくなったことを責められているように聞こえ、緋之介はうつむいた。

「霧島はきっと幸せになりましょうよ」

それ以上は言わず、西田屋甚右衛門が話を終わらせた。


将軍家日光参詣出発の二日前、西田屋甚右衛門方の離れで壮行会が開かれた。

「緋の字、暗い顔をするんじゃねえ」

想い人の明雀とともに現れた水戸藩主徳川右近衛権中将《うこのえのごんちゅうじょう》光圀が、檄《げき》を飛ばした。

「そうでありんす。人の世は会者定離《えしゃじょうり》。産んでくれた親、連れ添った夫婦といえども いつかは、別れなければならぬが定め。別れを辛《つら》いものとしか受け止められぬようであれば、一人誰ともかかわらず、生きていかねばなりんせん。別れた相手のことを気づかい、よきこと多かれと願うことこそ肝要ではありんせんかえ」

明雀が述べた。

吉原の遊女ほど別れを経験している者はいなかった。まず親から離され、世間から捨てられ、身を任せた客にもいつか去られる。それでも明日は別の男に身体を開かなければならないのだ。

「…………」

無言で緋之介はうなずいた。かつて三人の女を腕のなかで死なせたことを後悔し、緋之介はずっとその遺髪を柄《つか》に巻いていた。それは、三人の死んだ女にすがった逃げであると気づき、遺髪を回向院《えこういん》に預けたのは、囚《とら》われていたことへの決別であったはずであった。

「同じことをくりかえすところでございました」

緋之介はつぶやいた。

「そうだ。死人に会うことはできぬ。だが、忠也どのとは、まだ会えるであろう。忠也どのが江戸へ二度とこられぬというなら、緋の字が会いに行けばいい。そのとき、忠也どのに誉《ほ》めてもらえるよう努力しておかねば、それこそ見放されようがな」

光圀が締めくくった。

「はい」

すんだことは変えられない。緋之介は、身に染みて知ったはずの真実を見落としていたことに気づいた。

「しかし、緋の字よ。どうせ豊後あたりの策とは思うが、将軍家日光参詣の供奉に、部屋住みの身分でただ一人選ばれた気分はどうだ」

笑いながら、光圀が問うた。

「なんと申せばいいのか」

緋之介は返答に困った。普通の旗本であったならば、まちがいなく一族郎党を招いて宴《うたげ》を開くほどの吉事である。だが、すなおに喜べなかった。

「そりゃあそうだが、水戸としてはありがたいぞ。妾腹《しょうふく》とはいえ姫を嫁に出すのだ。嫁入り先に誉《ほま》れがあればあるほど、苦情を言われずにすむからな」

「苦情でございまするか」

光圀が口にした言葉に、緋之介は引っかかった。

「ああ。たいしたことじゃねえよ」

長く公子と認められず、藩邸ではなく浅草で育った光圀の口調は、くだけている。

「水戸家との縁を出世の糸にしたがってる連中が多いだけでな」

苦い顔で光圀が述べた。

「妹を道具としか見てねえ連中に、端《はな》からやる気などないが……いまだにいろいろなところから婚約の破棄を迫ってきやがる」

「そのようなことが」

緋之介は驚いた。なんども真弓《まゆみ》と会っているが、横槍《よこやり》の話など聞いたことはなかった。

「ああ、真弓には聞かせてねえ。あの跳ねっかえりの耳に入れれば、なにしでかしてくれるかわからねえからなあ」

光圀同様、父初代水戸藩主頼房《よりふさ》から長く娘として認められなかった真弓も、大名の姫らしくないお俠《きゃん》な性格に育っていた。女だてらに武道を好み、とくに馬術に精通し、水戸藩では並ぶ者がないほどの腕前といわれていた。

「はあ」

さすがに同意しかねて、緋之介はあいまいな返答をするしかなかった。

「今日も来るといったのを、無理矢理置いてきたんだ。姫風体で、吉原へ出入りなんかさせられるものか」

長く伸ばした髪をくくり、若衆のように男姿をしていた真弓も、嫁入りが決まってから、高島田髷《まげ》に打ち掛けと姫様になっていた。

「だから、明日は顔を出してくれよ。これで緋の字が黙って日光へ行っちまって、十日もほったらかしとなっちゃあ、おいらの身の無事があぶねえ」

「いいえ、帰ってこられた織江さまのほうが……女の嫉妬《しっと》はおそろしゅうありんすえ」

明雀が忠告した。

「そりゃあ、そうだ」

ようやく離れに笑いがあふれた。宴もやっと動き始め、盃《さかずき》の応酬もなめらかになったころ、西田屋の忘八《ぼうはち》が顔をだした。

「ごめんを。きみがてて」

縁側に手を突いて呼びかけた。

「なんだい」

西田屋甚右衛門が、立ちあがって近づいた。

「織江の旦那《だんな》に会いたいと、あの侍が」

「あの侍……阿部さまの留守居役か」

かつて緋之介の知己《ちき》として上がりこんだ上島常也のことだと、すぐに西田屋甚右衛門は思いあたった。

「どうしたい」

西田屋甚右衛門の気配が変わったことに光圀が気づいた。

「どうかなされたのか」

緋之介も、西田屋甚右衛門へ声をかけた。

「お断りすべきだと存じまするが……」

どうせろくなことではないと西田屋甚右衛門が、口ごもった。

「なんでえ、はっきりしねえな」

少し酒の入った光圀が、早く言えと急《せ》かした。

「織江さまにお目にかかりたいと、阿部豊後守さまの留守居役上島常也さまがおいでだそうでございまする」

隠すわけにもいかない。あきらめて西田屋甚右衛門が告げた。

「ほお、豊後のか」

「あの御仁《ごじん》か」

光圀と緋之介が反応した。

「お通し願いましょう。いや、わたくしが参りましょう」

宴席へ招くにはふさわしくない。緋之介が立ちあがった。

「それがよろしゅうございましょう」

光圀がここにいることを知られるのもよくないと、西田屋甚右衛門が同意した。

「しばしご無礼を」

「ああ」

わかったと光圀も首肯した。

「おい、お客さまをわたくしの部屋へな」

西田屋甚右衛門が忘八に命じた。

「へい」

うなずいた忘八に、西田屋甚右衛門が目で合図した。

小走りに見世先《みせさき》へ戻った忘八が、上島常也を奥へと案内した。

「こちらで、しばしお待ちを」

襖《ふすま》を開けて、忘八が膝《ひざ》を突いた。

「うむ」

大仰にうなずいた上島常也が部屋へ入ろうとしたところで、忘八が声をかけた。

「織江の旦那を騙《だま》すようなまねをしてみやがれ。吉原仕置きを味わってもらうぜ」

「……ひっ」

すさまじい殺気を浴びた上島常也が息をのんだ。

「すぐにお茶を」

すっと殺気を消して忘八が平伏した。

「じ、人外めが。いずれ、吉原など潰《つぶ》してくれる」

一人になった上島常也が震えながら、罵《ののし》った。

二

茶よりも早く、西田屋甚右衛門と緋之介が現れた。

「では、わたくしは」

西田屋甚右衛門は、緋之介の案内だけと席をはずした。

「ご無沙汰《ぶさた》をいたしております」

ていねいに上島常也があいさつをした。水戸家の姫との婚姻が決まった今、緋之介の身分は旗本として確立したも同然である。いかに老中の留守居役とはいえ、陪臣《ばいしん》でしかない上島常也には、礼が求められた。

「いや」

どう応えてもおかしいと、緋之介は軽く黙礼を返すに止《とど》めた。

「なにようでござろうか」

「一言お祝いを申しあげに参ったのでございまする。なにぶん、貴公とは縁浅からぬ仲でございまするからなあ」

すぐに上島常也はいつもの口調に戻った。

「上様よりたってのお名指しでのお供。旗本としてなによりのご栄誉とお祝い申しあげましょうぞ」

「……そらぞらしいことを」

緋之介は苦笑した。

「いやいや、本気でお祝いを申しておりますので」

上島常也が手を振った。

「なにせ、これで織江緋之介という人物はいなくなったわけでございますからなあ」

嫌らしげな笑みを上島常也が浮かべた。

「今回のお供で、小野友悟という名前、顔は広く天下に知られましてござる。となれば、吉原に住まいし続けるわけにも参りますまい。なにせ、武家の夜遊びはご禁制でござるゆえな」

「それでか」

阿部豊後守の策を緋之介は悟った。

「お気づきではなかったのか」

「なにかしらの手は打たれておろうと思っていたが……」

「あいかわらず、甘いな」

上島常也が嘆息した。

「せっかくない知恵を絞って考え出した策でござるに、相手がこう拍子抜けではおもしろくもない」

「おぬしが……」

「そうじゃ。拙者が豊後守に話し、貴殿のお供と父御どのの引き抜きをしたのよ」

忘八の衝撃から立ちなおったのか、上島常也が得意げに語った。

「拙者を吉原から離すためだけに、父を巻きこんだというのか」

緋之介は怒った。

「ふん。相変わらずおめでたい」

上島常也が鼻先で笑った。

「それほど、おぬしは重要ではないわ。しょせん、おぬしも小野次郎右衛門忠常も他人の盤のうえで動かされる駒。そう、まさに将棋の駒よ。王を取りあうための道具」

「駒……王を取りあう将棋。まさか、上様を……」

思わず緋之介は腰を浮かせた。

「落ちつかれよ。拙者が上様の命を狙《ねら》うわけなどなかろう。なんせ、我が殿は、上様一途《いちず》なお方だからな。どうにかして上様に生きのびていただき、お子さまをお作り願わねばならぬからの。阿部家が鎌倉の北条《ほうじょう》となるには」

藩主であり兄でもある阿部豊後守のことも、上島常也は揶揄《やゆ》した。

「では、なぜ」

「それを教えに来たのよ。しかし、ここは遊廓《ゆうかく》の癖に吝《しわ》いの。客に酒すらださぬ」

上島常也が迫る緋之介の気をそらすようにぼやいた。

「お待たせをいたしやした」

とたんに襖が開いて、忘八が膳《ぜん》をもって現れた。

「どうぞ、一献お召し上がりくだせえ」

膳を置きながら、忘八がじろりと上島常也をにらんだ。

「か、かたじけない」

上島常也が震えた。

「き、聞いていたのか」

忘八が消えるなり、上島常也は手酌で盃に酒を満たすとあおった。

「どういうことでござる」

急変した上島常也の態度に緋之介が首をかしげた。

「なんでもござらぬ。話を」

続けざまに酒をあおって、上島常也が人心地つけた。

「貴殿と父御を誘いこんだには理由がある。上様を狙う輩《やから》を倒してもらいたいのだ」

「また、先日の連中が来ると……」

「先日の連中ていどですめば、いいのだがな」

上島常也が首を振った。

「小野どのよ、いや、織江どのよ。上様をどう思われる」

「どうとは」

「武家の統領としてふさわしいと思われるか」

「正統なお血筋であろう」

「何度も申したと思うが、なにも知らぬというのも、罪よ」

緋之介の答えに上島常也が嘆息した。

「おぬしはもう一介の浪人者ではないのだ。水戸家の姫を娶《めと》り、上様のお命をお救い申しあげた。世間は、おぬしの一挙一動を見ている。そのことを自覚せず、いままでのようにつつかれたから出てくるというまねでは、いろいろなところへ迷惑がかかる。そのことに気づかぬのは、愚かをとおりこして悪ぞ」

「ううむ」

緋之介はうなるしかなかった。

「まあいい。おぬしが足らぬのはわかったうえでのことだからの」

あきらめたように、上島常也が述べた。

「まったく、なんでこんな世間知らずが、どうしてこう重要なところに絡《から》んでくるか。理不尽にもほどがあるわ」

文句を口にして、上島常也が続けた。

「話がそれたな。戻すぞ。では問う、正統とはなんだ」

「正しき血脈のことではないか」

「言葉を換えただけではないか。どこに正しいとする根拠がある」

「それは、嫡子相続《ちゃくし》であろう」

緋之介は応えた。

「嫡子相続か。ならば、いまの上様は正しい血脈ではござらぬな」

「何を馬鹿な。上様は三代将軍家光さまのご嫡男であらせられよう。どこが正しくないというのだ」

「では訊《き》く。家綱さまの御祖父秀忠さまはどうだ」

「秀忠さまは……」

「ご嫡男ではないぞ。三男であらせられる。三男といえども、長男、次男が早世したことで嫡子となり家を継いだとなれば正統といえようが、秀忠さまはどうだ。長兄信《のぶ》康《やす》さまは、織田信長が命《めい》によって切腹し果てられていたが、次男秀康《ひでやす》さまはご健在であった。長子相続を正統というなら、徳川の家は秀康さまが継がねばならぬ。すなわち、おぬしの弁によれば、今の将軍家は正統ではなくなる」

「…………」

緋之介は黙った。

「わかったか。おそれおおくも天子さまを始めとし、鎌倉、室町を例に出すまでもなく、すべての血筋は長子相続などで続いておらぬ。それが正しくなければ、人の心は離れ、世は乱れ、天下は続かぬはず。しかし朝廷は千年をこえ、鎌倉は百四十年、室町は二百年続き、そして、幕府は五十年泰平である。わかったか」

「わからぬ」

正直に緋之介は答えた。

「もう少し頭を使え。すべては戦《いくさ》がなかったからだ。人々は戦いさえなければ、支配者がどのような血筋であろうと気にしないのだ」

「泰平であればいいのか」

「ああ。明日が今日と同じようにあるからこそ、人は子を産み、ものを残そうと働く。泰平こそが庶民の願いなのだ」

力強く上島常也が述べた。

「考えてもみろ、田畑を耕さず、ものも作らず、商いもせぬ。まったくの無駄飯食いでしかない武士を庶民たちが尊敬し、喰《く》わせてくれているのはなぜだ」

「それは……」

言われて初めて緋之介は、考えた。

「いや、そもそも武家の存在とはなんなのだ」

質問を上島常也は変えた。

「歴史の話ではないぞ。平安貴族たちが荘園を襲い来る盗賊どもからまもるために警固を命じた者が武士の始まりであるなどと、ひけらかしてくれるなよ」

「ううむ」

「ただ剣を振ることしか知らぬおぬしではわかるまい。武士の存在とはな、抑止なのだ」

「抑止」

緋之介はくりかえした。

「さよう。抑止とはあるだけで、いるだけで敵を威圧するもののことだ。手出しをすれば、痛い目にあう。そう思えば、誰もちょっかいをかけてはこまい」

「それが抑止」

「本来武士とはそうであったはずだ。それがいつのまにか徒党を組み、主《あるじ》を抑えこんで、地方領主となり、大名となっていった。その過程で隣国を侵し、戦を起こした。使ってしまえば、力は抑止ではなくなる。戦国の世は、こうして地獄となった」

「なるほど。武士が戦を起こさないほうが、庶民にとってはいいのだ」

「わかったか。それであれば、将軍が誰であっても庶民は文句は言わぬ。庶民にとって、いや天下と言い換えてもいい。正統な将軍とは、今その座にあって戦のもととならぬお方のことだ。家康さまの血を引いていようがいまいが、そんなことはどうでもいいのだ。ただ、無事を保障さえしてくれればいい」

「理解できる」

上島常也の話を緋之介は納得した。

「それをしなかったため、豊臣は滅んだ」

一代の傑物豊臣秀吉は、天下を平定した後も戦をやりつづけ、ついには海を渡り、朝鮮半島にまで手を伸ばした。国内での戦争はなくなったとはいえ、渡海した兵への物資を調達するために、大名たちは領国に苛斂《かれん》な追求をせざるをえず、庶民は疲弊しつくした。

「大坂の陣から数えて五十年、天下に諍《いさか》いはない。人々はようやく泰平に慣れた。なにより徳川は四代将軍まで継承の争いを起こしていない。だが、いまの上様にはお子がない……」

「五代将軍の座を巡っての戦が起こるというか」

ここまで言われれば、いくら緋之介でも推察できる。

「起こるかも知れぬのだ。今の上様には弟君が二人ある。甲府の綱重さま、館林の綱吉さま。この二人とも上様に跡継ぎなければ余がと将軍の座を狙っている。それだけではない。どういうつもりで作られたのかは知らぬが、家康さまの血を引く御三家もだまってはいまい。噂《うわさ》ながら御三家には、将軍にふさわしき人物なきおりは、これを排し、人を立てるべきとの遺訓があるという」

「…………」

遺訓について、緋之介は光圀から聞かされていた。

「これら有象無象が家綱さまのご寿命まで待ってくれると思うか」

「待たぬであろう」

遠くは柳生家の家督争いから、松平伊豆守による天下掌握の野望まで、権力という魔物にとりつかれた者たちの欲望の強さと醜さを緋之介は我が身をもって体験してきた。

「一年待てば一年老いる。いや、己が敵に殺されることもある。なれば、好機到来すれば先手を打ちたいと思うのも当然だ」

「それがこのたびの日光参詣か」

「うむ。まちがいなく五代の座を狙う者は手出しをしてこよう。それをおぬしと小野次郎右衛門忠常で防ぎきってもらう」

上島常也がようやく目的を告げた。

「それがおぬしにどういう利をもたらす」

いままでの上島常也は、まるで世をすねたような生きかたをしてきた。緋之介は上島常也の変化を信用できなかった。

「簡単なことだ。天下人が代われば、権力者は交代する。家綱さまが亡くなれば、阿部家は没落することになる。それでは困るのだ。一応、阿部の末席を汚す一門であるし、なにより、老中の留守居役というのは、そこらの大名よりも力をもっておるからの。要するに、今の生活を失いたくないだけよ」

下卑た笑いを上島常也が浮かべた。

「……ほう」

緋之介は眼を細めた。とても上島常也の言葉をそのままには受け取れなかった。

「では、拙者の用はすんだ。じゃまをしたな。どれ、せっかく吉原に来たのだ、久しぶりに女を抱くとするか。おい、誰か」

「へい」

すぐに忘八が顔を出した。

「揚屋《あげや》の手配を頼む」

「承知しやした。お馴染《なじ》みの揚屋はどちらで」

「伊勢屋《いせや》だ」

「では、ご案内を」

「うむ」

忘八に続いて、上島常也が部屋を出た。

「二度と会わぬことを願っておる。拙者は、おぬしのように恵まれた生まれでありながら、世を斜に見ているやつが大嫌いなのだ」

最後に、上島常也が本音を残して去っていった。

緋之介は、振り返りも、応えもしなかった。

三

四月十三日、晴天のなか、将軍家綱を乗せた駕籠が江戸城を出た。

「控え、控え」

先触れの旗本が大声で庶民たちを制止していく。

「二階の窓の目張りはできているかい。子供は家の奥に閉じこめておきなさいよ」

町役人も慌ただしく、町内の確認に走りまわっていた。

「いつものように行列を突っ切ったりするんじゃないよ。将軍さまのお成りだからね。無礼があれば、首が飛ぶだけじゃない。店も潰されるし、親子三代まで罪に問われる。町内だってただじゃすまないんだ」

将軍のお成りを一目見ようと道の脇《わき》で平伏している人々に、町役人が念を押した。

「あと、家のなかからうかがい見るんじゃないよ。将軍さまの御駕籠より高い位置からのぞいたことがわかれば、お咎《とが》めが来るからね。窓も障子も襖もしっかりと閉じておきなさい。開けるんじゃないよ」

通り道になっている町内は大わらわであった。

「下に控えよ」

先触れが過ぎて小半刻《こはんとき》（約三十分）ほどのち、駕籠脇を警固する一団が近づいてきた。

「へへっ」

膝をつきながらも背を伸ばしていた庶民たちが、いっせいに平伏した。

「しーっ、しーっ」

静謐《せいひつ》の声を連れて将軍の駕籠が通りすぎていった。

「見えたか」

った。

「駕籠かきの足だけな」

庶民たちは、一刻（約二時間）身を小さくして、それだけしか見ることができなかった。

緋之介は、将軍の駕籠をかろうじて目のなかにおさめられる後方に配置されていた。

「貴殿の御尊父どのが、御駕籠近くについておるのだ。部屋住みで、いまだお目通りがすんでおらぬなら、身分は御家人と同じ、徒士《かち》のなかでお控えあるべし」

書院番を差配する書院番頭小田主膳正《おだしゅぜんのかみ》が、緋之介を遠ざけた。

「上様たってのお声掛かりとはいえ、貴殿は組士にあらず。御駕籠脇は我ら二番組がお護《まも》り申すゆえ、どうぞ、御駕籠前をお進みなされ」

やはり小野次郎右衛門忠常も将軍家綱から離されていた。

「承知」

小野次郎右衛門忠常も緋之介も、ささいなことでもめごとを起こすつもりはなかった。ようは、いざというときに家綱の身を護ればよいと割りきっていた。

かつて三代将軍家光は、寵臣《ちょうしん》の屋敷へ遊びにいくことを好み、何度も江戸城から出た。さすがに数千という人数を引き連れることはないが、百をこえる警固の旗本を引き連れ、今日は松平伊豆守、明日は堀田加賀守《かがのかみ》と出歩いた。しかし、それも二十年ほど昔の話である。体調を崩した家光は、お成りをやめ、跡を継いだ家綱は、江戸城からほとんど出ることはなかった。物見高い江戸の庶民にとって、将軍お成りは逃してはならない行事であり、一種のお祭りに近いものであった。

家綱の駕籠を一目見ようと大勢の人々が街道脇にあふれ、万一を懸念した供頭《ともがしら》は、行列の歩みを遅くせざるをえなかった。

「これでは、岩槻《いわつき》へ入る前に日が暮れよう」

遅々として進まない行列に、緋之介は嘆息した。

「言ったところでどうにもなりませぬわ」

緋之介と肩を並べている初老の大番組の徒士が、なぐさめた。

「いや、暗くなっては、なにがあるやも」

「なにがあると。まさか、将軍さまのご行列を襲うたわけ者がおるとでも」

徒士が笑った。

「しかし……」

安宅丸の一件を口にしようとして緋之介は止《や》めた。

江戸で将軍が狙われたなど明らかになれば、警衛の責任者である書院番頭はもちろん、供頭の側衆《そばしゅう》の身は無事ではすまない。よくて切腹、へたすれば改易《かいえき》までされかねない。

さらに罪は二人だけでは終わらない。同席していたすべての大名、旗本も軽くて閉門、減封などの咎めはまぬかれなかった。

表向き、襲撃はなかったことになり、ことは、興奮した大名の家臣が騒いだだけとして処理されていた。もっとも現場にいた者の口に戸は立てられない。あるていどのことは噂として流れている。徒士とて知らぬはずはなかったが、安楽とした顔をしていた。

「ご覧あれな。先頭のお槍衆から、末尾の小荷駄まで一目ではとても見渡せませぬ。総勢はいくたりにおよびましょう。万とはいかずとも五千をこえる旗本が警固しているのでござる。何重にもなった壁を突破するには、百や二百の軍勢では足りませぬ。それほどの数を知られず潜ませることなどできますまい。さらに鉄砲の届く範囲には伊賀者同心《どうしん》たちが走り、あらかじめ安全を確認しておるとのこと。とてもとても戦をするつもりでなければ、上様のお駕籠を襲うなどありえませぬ」

徒士が首を振った。

「それはそうでござるが」

厳重すぎるほどの警固は緋之介も認めていた。

「物見遊山《ゆさん》とは参りませぬが、日光は初めてでござる。極楽浄土もかくやというほどきらびやかだとか。それを楽しみに参れば、少しばかり進みが遅いことなど気にもなりますまい。それに遅くなるようであれば、岩槻からも出迎えの人数が途中まで出て参りましょう。心配されるほどのことはございませぬよ」

緋之介の焦りを若さゆえのものと見たのか、徒士が旅の心得を口にした。

「人というのは四六時中気を張っておれませぬ。弓の弦と同じ。張るときは張り、ゆるめるときはゆるめる。でなくば、もちませせぬぞ」

「はあ」

徒士の心配《こころくば》りに、緋之介はあいまいな答えを返した。

緋之介はこの行列が襲われることを知っている。小野次郎右衛門忠常もだ。かといってどこでどう来るのか、敵は誰なのか、全然わかっていないのだ。声を大きくしてことを話して警固を厚くしろと、油断をするなと言ったところで、信用されるはずもない。かえって行列を騒がす者として、排除されかねなかった。

「どう来るか」

緋之介は、一人油断をいましめた。

武州岩槻は豊後守忠秋の本家筋にあたる阿部因幡守正春《いなばのかみまさはる》十一万五千石の城下町であ

る。因幡守正春の父重次《しげつぐ》は、家光の老中として活躍し、その死に殉じた。徳川において忠節では五指にはいるとまでいわれた名門譜代であった。

家綱は、日光参詣の初日を譜代の忠臣が護る岩槻で過ごした。

岩槻から幸手《さって》宿を経ていよいよ日光街道に入る。

翌朝、明け六つ（午前六時ごろ）に岩槻の城を出た行列は、静謐の声をあげながら古河《こが》を目指した。

「どうだ」

行列を見おろす高台に伊賀者が集まっていた。

「古河まで、あやしきところも、ものも、人もございませぬ」

木樵《きこり》姿の伊賀者が組頭へ報告した。

「手配りは残してきたであろうな」

一度探ったところほど盲点になる。組頭は見張りの確認をした。

「はっ。街道一里（約四キロメートル）ごとに四人、二人ずつ左右に潜ませましてございまする」

木樵姿の伊賀者が首肯した。

「よかろう。儂《わし》は上様の御駕籠側を離れられぬ。それが鉄砲であれ、弓であれ、上様の御駕籠に放たれただけで、われら伊賀者は終わりぞ。無事にすませて当たり前、褒美などは与えられぬ。しかし、失策があれば咎められる。これが忍《しのび》の定めぞ。武士ともいえぬ身分と禄なれど、失えば生きていけぬ」

「わかっておりまする」

伊賀者が決意を瞳《ひとみ》に浮かべた。

「よし、いけ」

組頭の命で、伊賀者が消えた。

岩槻を出てから、緋之介は場所を変えていた。将軍の行列とはいえ、数千の武士が歩くのである。騎乗もいれば徒士もいる。足の速い、遅いもある。行列が整然としているのは、泊まりの城下に入るときと、出るときだけであった。

緋之介は、父小野次郎右衛門忠常の側にいた。

小野次郎右衛門忠常は騎乗を許される身分であるが、将軍警固の任に馬はじゃまと歩いていた。

「父上」

「気を張りすぎじゃ、おまえは」

緊迫した顔の緋之介に、小野次郎右衛門忠常があきれたような顔を見せた。

「ですが……」

「臨機応変、剣の極意であるぞ。よいか。警固の役目とは剣でいえば、後の先なのだ。もちろん上様のお身にかかわることなれば、先の先がなによりである。しかし、敵の位置、規模がわかっておらぬときに、むやみやたらと動くことは隙《すき》をつくるだけ。相手の動きをよく見、応じて動く」

小野次郎右衛門忠常が諭した。

「しかし、警固の者たちは、あまりに……」

「それ以上を言うな。皆、旗本なのだ。いざというときは、我が身を犠牲にしてでも上様のお命を護りとおす。覚悟はできているはずじゃ」

緋之介の非難を小野次郎右衛門忠常は封じた。

「人というものの真価はな、いざというときが来てみぬことにはわからぬのよ。目に映るものだけが正しいとはかぎらぬ」

「はあ……」

父の言うことを緋之介は納得できなかった。

「それだけ恐ろしいのだがな」

「恐ろしい……」

嘆息する父の呟きを緋之介は聞き逃さなかった。

「うむ。襲い来る者たちのことよ」

小野次郎右衛門忠常が話し始めた。

「決死だからの。そう、襲い来る者たちは死兵」

死兵とは、字のとおり死んでいる兵ではない。すでに死んでいるも同然の覚悟をもった兵のことである。

人にとってなにが大事といって、己の命ほどたいせつなものはなかった。その命を毛の先ほども気にせず、目的のためだけに突き進む。後ろの仲間を一歩先へいかせるために、己が盾となり、そこで死ぬことも平気な者ほど怖いものはなかった。

「剣術の技は、どうやって己の命を護りながら敵を倒すかだ。その前提すらない連中は怖い。こちらの読みがつうじないからな」

毎日毎日稽古《けいこ》をするのは、とっさに身体を動かすためと、相手がこう来たらこう出るとの経験を積むためである。それが効かないとなれば、いままでの稽古が無になる。無になるならまだよかった。こちらの一撃を黙って受けいれるのだ。予想外のことにこちらは戸惑う。それに、受けいれられたことで、思ったより深く敵の身体に刃《やいば》が食いこみ、抜けなくなることも考えられる。得物《えもの》を奪われたにひとしい状況は、命取りに繋《つな》がった。

「死兵の怖さは死にたがりではないことだ。死にたがりは、己が死んだところで満足する。死兵は違う。己の死は、味方の為《ため》でなければならぬ。そこにいたるまで死なない覚悟をしている。それが怖い。そして死兵の相手をしたことがない旗本たちの動きもな」

「なぜ、死兵に」

そう簡単に死兵となれるのか、緋之介には理解できなかった。

「忠義という奴よ」

あっさりと小野次郎右衛門忠常が答えた。

「侍の根本にあるものが忠義。それは主君へすべてを捧げることだ」

「ならば、侍の忠義は武家の統領たる上様へ収束するべきではございませぬか」

緋之介は問うた。

「上様、いや、将軍家と言わせてもらう。よいか、武家の統領とはな、人ではないのだ。将軍という地位なのだ」

「人ではないと」

小さく緋之介は息をのんだ。

「そうだ。考えてもみよ。上様とは誰が選んだ。家綱さまを上様としたのは、我ら旗本の総意か。違うであろう」

「はい」

将軍が誰になるかなど、緋之介は気にしたこともなかった。

いや、ほとんどの旗本がそうであった。

家光の死で家綱に継承されたときでも、旗本が集まって協議したとか、誰かから異論が出たとか、緋之介は聞いたこともない。手の届かないところで決まったというのが、緋之介の感想であった。

「二代秀忠さまから三代家光さまへいたるときは、些少《さしょう》のことがあった。家光さまを推す一団と駿河大納言忠長さまをとの一派ができた。もっとも神君家康さまのご裁断で、ことなきはえたがな」

「話は知っておりまする」

緋之介はうなずいた。家光の敵となった忠長は、幕閣松平伊豆守らの策略にはまり、知行を奪われ、自刃させられた。その忠長の墓をずっと護っていた元駿河藩士の刀鍛《か》冶《じ》と緋之介はかかわり、将軍継承の闇《やみ》をかいま見ていた。

「ならば、わかろう。今の上様にはご兄弟がお二方おられる。長子相続が徳川の祖法でないことは、二代将軍秀忠さまが体現なされてしまった」

周囲の旗本たちの注意を引かないようにと、小野次郎右衛門忠常は声を小さくした。

「わかるか」

「綱重さま、綱吉さまが将軍になられてもおかしくないと」

ようやく緋之介は上様と将軍家の違いに思いあたった。いわば上様は人であり、将軍家は衣服なのである。人は代えられないが、衣服は着せ替えられるのだ。

「さらに都合の悪いことがある。綱重さま、綱吉さまにつけられた者たちは、すべて旗本だということよ。先祖代々三河以来徳川に仕えてきた者たち。いわば、我らと同じ」

小野次郎右衛門忠常が続けた。

「これは、一つの歯止めではある。万一分家が本家にとってかわろうとしたとき、兵となる家臣たちが、すべて元旗本ならば、そう思いどおりにはいくまい。なかには幕府へ忠節を誓って、内通する者も出てこよう」

「…………」

無言で緋之介はうなずいた。兄や親が旗本として江戸におれば、どうしてもそちらに気を遣うことになる。なにより、主君を裏切って幕府につけば、おのれはふたたび旗本として江戸へ戻ることができる。それは大きな誘惑であった。

「しかし、なぜ己の主君が将軍ではないのかと思う者もいる」

「でございましょうな」

上様と己の主君は兄弟なのだ。掛け違っていれば、主君が将軍として江戸城の主となっていてもおかしくはないとなれば、そう考えて当然であった。

「武家の忠義は将軍家といった意味がわかったか」

「はい」

緋之介は力強く首肯した。己の主君が将軍家となれば、今の上様である家綱への叛《はん》逆《ぎゃく》は罪でなく、それどころか、誠の忠義として讃《たた》えられる。

「かつて島津《しまづ》には捨てかまりというものがあったという。戦国の話だ」

小野次郎右衛門忠常が話を少しそらせた。

「捨てかまりとは、死兵のことらしい。儂も父忠明さまより聞いただけで、あまり詳しくは知らぬが」

「始祖さまから」

緋之介の祖父小野忠明は、徳川の旗本として関ヶ原の合戦にも参加していた。もっとも合戦に間に合わなかった秀忠の陣中にあったため、直接島津と戦ったわけではないが、直後に合流している。関ヶ原の戦いを終えた徳川や東軍についた大名の家臣たちから話を聞いていたとしても不思議ではなかった。

「関ヶ原のことは知っていよう」

「戦話ていどでございますが」

徳川に仕える旗本たちは、古老たちから戦陣の話を夜伽《よとぎ》代わりに聞かされて育つ。関ヶ原の合戦の話は、とくに徳川が天下を取った戦いだけに、何度も何度も耳にしていた。

「では、島津の話も聞いておろう。戦が始まってもまったく参加しなかった島津一千五百の兵が動きだしたのは、西軍の敗走が決定したころだった……」

小野次郎右衛門忠常も関ヶ原の戦いには参加していない。父忠明から聞かされた話を思いだすように話した。

西軍の総大将石田三成《いしだみつなり》と仲違《なかたが》いした島津義弘《よしひろ》は、合戦にはかかわらず、ただ自陣だけを堅持していた。そして、西軍が総崩れとなり、東軍の矛先《ほこさき》が向けられたとき、島津は思いもよらなかった行動に出た。

逃げていく西軍とはぎゃくに、勝ち誇っている東軍へ突っこんだのだ。数万の軍勢、そのなかへ一千五百が駆けた。

すさまじいまでの島津の気迫に、東軍は思わず引いた。しかし、とまどったのは少しの間だけで、ただちに東軍は島津に襲いかかった。

嵩《かさ》にかかった東軍を抑えたのは、名もなき島津の兵たちだった。仲間を逃がすため、主君義弘を生かすため、敵に近づかれた島津の兵は足を止めた。隊列から離れ、ただ一人敵のなかに残り、足止めだけのため戦ったのだ。端から帰還を考えていない、とにかく一人でも多くの敵を殺し、味方が寸土先へ行けるせつなのときを稼ぐ。

一千五百の島津兵は、黙々と捨てかまりと化し、東軍の兵を待ちかまえた。斬られても地に這《は》わず、腕を失えば口で噛《か》みつき、苦鳴さえあげず戦う捨てかまりに、東軍の兵は恐懼《きょうく》した。

「おかげで島津義弘どのは、薩摩《さつま》に帰ることができた。そのとき残っていた島津の兵はわずかに十五騎だったという」

「一千五百が十五」

聞いて緋之介は身震いした。じつに百人に一人しか生き残っていないのだ。

「死兵の恐ろしさよ。もし、五十の死兵が襲い来たならば、儂は上様をお護りするだけの自信がない」

小野次郎右衛門忠常が述べた。

「鉄砲などものの数ではない。百挺の鉄砲が撃つ弾《たま》は、百人しか殺せぬ。だが、一人の死兵は十人を殺す。いや、もっと多いかも知れぬ」

ゆっくりと小野次郎右衛門忠常が周囲を見た。

「戦場ではない。我らは鎧《よろい》兜《かぶと》に身をつつんでおらぬ。一撃喰らえば動けなくなるであろう。それを思えば関ヶ原の捨てかまり以上の被害がでよう」

「しかし、先ほど言われたように、こちらも命をかけて上様をお護りいたしましょう。これだけの数があれば、防ぎきれましょう」

「いや」

小野次郎右衛門忠常が首を振った。

「死人と戦える者は死人のみ。生きようと無意識のうちに思う者では、歯が立たぬ。儂も死兵にはなれぬ」

「…………」

地に伏す小野次郎右衛門忠常の姿を想像して、緋之介は愕然《がくぜん》とした。

「来ましょうか」

恐れに震える声で緋之介は問うた。

「まちがいなく来るだろうな。城に入られては死兵も届かぬ。綱重さま、綱吉さまの家臣では、城中で上様のお近くまで行くことはかなわぬ。まさか、目通りのかなう甲府、館林の家老あたりが、死兵となるわけにもいくまい。さすがにそうなれば、主の将軍継承はできぬからな」

襲撃を覚悟しろと小野次郎右衛門忠常が告げた。

四

浜にある甲府屋敷で、甲府徳川家家老新見備中守正信《にいみびっちゅうのかみまさのぶ》は、三十名の藩士たちを前にしていた。

「暗愚な将軍が本邦を治めるは天道に反す。英邁《えいまい》なる綱重さまこそ、幕府百年の歴史をつむがれるお方である。鎌倉、室町が滅びたは、ともに器足らずの者が、将軍の地位についたことによる。正しき将軍家が就かれれば、天下泰平五穀豊穣、我が国の威光は海の向こうにまで届こう」

「…………」

新見備中守の檄を藩士たちは無言で聞いていた。

「器量不足な身を省《かえりみ》ず江戸城を略取した家綱は、日光への途上にある。ゆがみを糺《ただ》すのは今しかない。この機を逃せば、家綱を傀儡《かいらい》とした者どもの悪政がはびこり、天下庶民は塗炭の苦しみを味わうことになる」

黙っている藩士たちの顔を、一人一人新見備中守が見つめた。

「駿河大納言忠長の例もある。雌伏《しふく》し続けるは、滅びを招くことになる」

暗に甲府徳川家が、いずれ幕府によって潰されると新見備中守は言った。

「皆には悪いと思う。だが、決してその行動は無にせぬ。貴殿らの家は、綱重さまが将軍家となられたとき、名誉ある格別な名跡として讃えられ、また遇される。それは、儂が請けおう。もちろん、残された家族への配慮は忘れぬ。すべてこの備中守に任せてくれ。悪いようにはせぬ」

「ご家老」

最前列に坐《すわ》っていた中年の藩士が声を出した。感情というものが抜けおちたような声音は、大広間の空気をわずかだけ震わせた。

「なんだ、水口《みずくち》」

水口の醸しだす雰囲気に、新見備中守が少し引いた。

「我らは、ただ家綱を屠《ほふ》ればよろしいのでござるな」

「そ、そうじゃ。他の者には目もくれるな」

小さく新見備中守が首肯した。

「承知。ならば、死後の話は不要でござる。我ら三十名、綱重さまに忠誠を誓った者ばかり。綱重さまを将軍家といたすために、惜しむものなどなにもござらぬ」

水口が述べた。

「みごとなる覚悟である」

新見備中守が賞した。

「これは謀反《むほん》ではない」

ゆっくりと新見備中守が話した。

「かつて織田信長公が本能寺で殺されたとき、中国にいた羽柴筑前守《はしばちくぜんのかみ》秀吉公は、軍を率いて京へもどり、明智光秀を討った。あのとき、すでに明智光秀は朝廷より節刀をさずかっていた」

節刀とは朝廷が賊の討伐を命じるときに与えるものである。節刀を与えられた者は、征夷大将軍に補せられたと解釈されるのが普通であった。

「しかし、羽柴秀吉公は、明智光秀を破り、天下の称賛を浴びた。節刀を明智光秀に下賜《かし》した朝廷もてのひらを返したように秀吉公を重用した。このことからもわかる。人心をもたぬ権威は似非《えせ》であり、世はいつも勝者を求めておるのだ」

「いまさら言いわけなど無用。我ら三十名、ただただ綱重さまに忠義を捧げ、命を差しだすのみ。俗世がことは、すでにない」

水口が淡々と告げた。

「う、うむ」

「貴殿の罪の意識を軽くする儀式につきあうのももうよかろう」

死兵に身分など関係なかった。水口は新見備中守へ冷たい目を向けた。

「では、死地へ参ろうぞ、ご一同」

「おう」

藩士たちが立ちあがった。

「生きて二度と、藩へ帰ることはない」

うまく家綱を害し、生き残ったとしても甲府藩へ逃げこむことはできなかった。将軍暗殺に綱重がかかわったとなれば、五代の座は消え失《う》せる。

「だが、約束を果たすかどうかは見ておる。命がけの忠義、無にするようならば、きさまの身体で報いてもらおう。では、さらばだ」

呆然《ぼうぜん》とした新見備中守を置いて、三十人の藩士は目立たないよう数名に分かれて浜の藩邸から散っていった。

館林藩神田屋敷はいつもと変わらぬ雰囲気であった。

家綱と共に右馬頭綱吉も日光へと出立している。留守を預かった本庄宮内少輔宗孝《ほんじょうくないしょうゆうむねたか》は一人、神田屋敷の庭を散策していた。

「宮内少輔さま」

他人目《ひとめ》のなくなったところで、声がかけられた。

「八代《やしろ》か」

本庄宮内少輔が足を止めた。平伏しているのは幕府黒鍬《くろくわ》者組頭八代久也《きゅうや》であった。

武田信玄の鉱山衆に端を発する黒鍬者は、伊賀者よりあつかいが悪く、名字帯刀さえ許されない中間《ちゅうげん》の身分であった。

将軍家お成りとなれば、素手で街道に落ちている馬糞を撤去しなければならない境遇から抜けだすため、八代久也以下、十数名の黒鍬者が本庄宮内少輔に従っていた。

「はっ」

いつの間にか、本庄宮内少輔の前に一人の小者が伏していた。

「なにかあったか」

「浜屋敷より、尋常でない目つきの侍が三十名ほど北へ向かって旅立ちましてござい

ます る」

「ほお」

報告を受けた本庄宮内少輔が声を漏らした。

「馬鹿が動いたか」

「おそらく」

八代久也が首肯した。

「こちらとしてはありがたいかぎりだが……」

本庄宮内少輔は、綱重の家臣たちの目的が家綱だけですまないのではないかと危惧《きぐ》していた。

「手抜かりは」

「ございませぬ」

すぐに八代久也が肯定した。

「行列の先触れとして出ている黒鍬者二組のうち、一組は我が組でございまする。なにごとが起こりましょうとも、右馬頭さまには傷一つおつけすることなどいたしませぬ」

八代久也が言いきった。

「その言やよし。すべてを任せる」

「はっ」

平伏した八代久也が目だけあげた。

「我らが手で……」

「それはならぬ」

最後までいわせることをせず、本庄宮内少輔が八代久也の口を封じた。

「我が主、右馬頭綱吉さまは、仁を尊ばれる。兄たちを害してまで、将軍位に就かれたいとは思われておらぬ。よいか、そこをまちがえるな。綱吉さまは、諸所の事情でやむなく、天下の推戴《すいたい》を受けて高みに登られるのだ。すでに御三家紀州《きしゅう》は綱吉さまについておる」

「申しわけないことを口にいたしました」

八代久也が額《ひたい》を地につけた。

「いや、そなたの忠節、きっと右馬頭さまもおよろこびであろう。少なくとも、余は知っておるぞ」

「ありがたきしあわせ」

いっそう腰を曲げて、八代久也が這いつくばった。

「では、一同と合流いたしますゆえ」

ふっと八代久也が消えた。

古河から宇都宮を経て四月十六日、将軍一行は日光東照宮《にっこうとうしょうぐう》に着いた。旅程は雨あるいは風などの天候による遅れを考えて組んでいたが、さいわい好天に恵まれたお陰で、予定どおりの到着となった。

日光東照宮は、徳川幕府初代家康を祀《まつ》っている。

死後一度久能山《くのうざん》に葬られた家康は、黒衣の宰相こと天海大僧正《てんかいだいそうじょう》によって選出された聖地日光へと改葬され、大権現、すなわち神となった。

二代秀忠は江戸芝の増上寺《ぞうじょうじ》に墓所を選定し、日光には埋葬されなかった。

本来、三代将軍家光も増上寺あるいは、東叡山寛永寺《とうえいざんかんえいじ》に葬られるはずであったが、とくにと願って祖父家康の隣で眠りに就いていた。己ではなく忠長に将軍を継がせようとした秀忠のことを家光は終生嫌い、庇護《ひご》してくれた家康を神のごとくあがめていたからである。

翌十七日、衣冠束帯に身を調えた家綱は、家康の廟《びょう》に参詣しただけで一日を終えた。

家光の命日は二十日である。家綱は十八、十九の二日間を日光にて無為に潰した。

「行きは無事であったな」

小野次郎右衛門忠常が、白湯《さゆ》を喫した。

「はい」

ゆっくりと緋之介も首肯した。

将軍一行は日光東照宮内にて宿泊しているが、五千からの人を滞在させることはできなかった。家綱に近侍《きんじ》する役目以外の者は、七町（約七七〇メートル）ほど離れた鉢石《はついし》の宿場で待機していた。

「父上、ここで仕掛けて参りましょうや」

日光山にいる家綱の警固は道中よりも薄くなっていた。

「いや、無理であろう。日光は格別の地であるからな」

緋之介の問いを小野次郎右衛門忠常が否定した。

「日光宮番と八王子同心でございますか」

徳川にとって特別の意味を持つ日光東照宮の管理は、日光宮番が担当していた。

日光宮番は、二千石、組頭二人と吟味役《ぎんみやく》七人、御殿番四人、同心三十六人を差配し、東照宮の警固にあたっていた。また、日光山の火の番として、槍奉行配下の八王子千人同心から百人が交代で派遣されていた。

「いや、陰番のほうよ。日光東照宮には結界が張られている。なにせ、神君家康さまと家光公が眠られておるのだ。墓荒らしなどされてはならぬからな」

「あの気配は忍の結界でございましたか」

まだ日光東照宮の敷地に入ってはいなかったが、緋之介は山全体を包む気配を感じていた。

「忍というか。あれは修験者の流れであろうな」

「修験者……」

密教の修行者として峻険な山岳を跳びまわる修験者は、なまじの忍よりも体術にすぐれていた。

「日光はな、比叡山の僧侶であった天海和尚《おしょう》が作った。その経緯もあるのだろうがな、東叡山寛永寺から目代という名前で修験者が派遣されている」

「東叡山から……」

緋之介は目を見張った。忍とは何度も戦ったが、修験者とのかかわりは今までなかった。

「山に伏し、川に潜み、谷を駆ける。城下ならいざしらず、山中で修験者の敵となる者はいない。なにより十七日より二十日まで、日光は禁足となる。誰も入ることが許されぬのだ。人の流れのないところへ忍ぶのは、難しい。そやつの気配だけとなるからの。上様が日光におられる間はかえって安全であろう」

小野次郎右衛門忠常が述べた。

「では、帰途が……」

「うむ。法事を終えたとの安堵《あんど》が緊張を奪う。そのときこそ……」

すっかり冷めた白湯を小野次郎右衛門忠常が喫した。


二十日、家光の十三回忌がおこなわれた。

家光の廟の門が開かれ、僧侶の声が山を震わせるなか、家綱、綱重、綱吉の三兄弟が参拝した。

朝早くからであったにもかかわらず、供奉していた老中などが、一人一人参拝するなど、昼を過ぎても法事は終わらなかった。

「お恨みを申しあげまする」

家光の廟へ平伏しながら、阿部豊後守が小さくつぶやいた。

「家綱さまに天下をお譲りあそばしたならば、なぜ、綱重、綱吉のお二人へ禄を与え、藩を作らせ家臣の座へおろされませなんだ。なまじ館《やかた》などを作り旗本をつけたがために、三人は同格、誰が将軍となってもよいなどと思いあがる輩が出て参るのでございまする」

阿部豊後守は続けた。

「家綱さまのお血筋がいまだお生まれでないだけに、よけい有象無象《うぞうむぞう》が騒ぎたてておりまする。先だっては、家綱さまのお命を狙うたわけ者まで出現いたしましてございまする」

読経の声で、阿部豊後守の言葉は誰にも聞こえなかった。

「上様に初めてお目通りたまわったのは九歳のおりでございました。小姓として二十人扶持《ぶち》をたまわりました。晴れがましゅうございました。あれから五十三年、紆余《うよ》曲折《きょくせつ》を経たとはいえ、身分は老中、禄も八万石と増えましてございまする」

静かに阿部豊後守が経緯を口にした。阿部豊後守は家光からその篤実を愛され、幕閣ではなく家綱の傅育《ふいく》係を命じられた。同僚であった堀田正盛、松平信綱らが、天下の政《まつりごと》を担い、名声を得、出世していくのをじっと西の丸から見ているしかなかった。

阿部豊後守は働き盛りを、子守りで終えた。

「ようやく家綱さまの御世となり、本丸老中として政をおこなおうにも、すでにわたくしめの見識は錆《さ》びつき、若き幕閣たちに対抗できぬありさま。結局我が任は、家綱さまの傅育だけ。わたくしめも還暦を過ぎ、そろそろお暇をいただく年齢となり、最後のご奉公をいたしたいとぞんじまする。江戸へ戻るまでになにかあれば、もう遠慮はいたしませぬ。上様のお血筋、その枝葉を切らせていただきまする」

ゆっくりと阿部豊後守が顔をあげた。

「枝は枝らしく、幹へ寄り添い風に揺れていればよろしいのに、とってかわろうなどと思いあがられるゆえ、裁断されることになりまする。いわば自業自得。上様もおわかりでございましょう。忠長さまとおなじでございますれば」

ようやく阿部豊後守が背中を伸ばした。

「では、これにてお暇《いとま》申しあげまする。次にお目通りを願うは、泉下でのこととなりましょう」

阿部豊後守はしっかりとした足取りで、家光に決別を告げた。

十三回忌の法要を終えた家綱の行列は二十一日、日光山を後にした。すでに目的は果たしたのである。道中の差配をする側衆を始め多くの供が、肩の力を抜いていた。

「今市《いまいち》を素通りとはちとつらい」

日光参詣の精進落としとして、今市には大きな遊廓があった。

「江戸の女ほどよくはなかろうが、旅の女の味も見たかったのう」

警固の旗本たちも笑顔で雑談を交わしていた。

普段ならば、きびしく叱《しか》りつける阿部豊後守が、無言で馬に揺られていた。阿部豊後守は、襲撃を静かに待っていた。

「父上」

緋之介は、小野次郎右衛門忠常の後ろにいた。

「うむ。今日の泊まりまでが危なかろうな。ここ四日ほどなにもなく、無駄にときを過ごしただけ、一同の緊張が切れておる。来るとすればそろそろぞ」

小野次郎右衛門忠常も気を配っていた。

行きにあった緊迫が行列から消えていた。

「では、後ろへ戻りまする」

緋之介は、行列後ろからの襲撃に備えると告げた。

「うむ。よいか、父のことは気にせずともよいぞ。ただ、上様のお身だけをな」

「はい」

軽く黙礼して緋之介は家綱の駕籠を見渡せる行列の後方へと移動した。

しかし、すでに戦いは始まっていた。

最初に倒されたのは、伊賀者であった。行列を見渡せる高台で不審な者の接近を見張っていた伊賀組の忍が、あっさりと背後から襲われて死んだ。

「死兵は気配を出さぬ」

水口が太刀《たち》に付いた血脂を拭《ぬぐ》いながらつぶやいた。

「どうした。連絡が途絶えたぞ」

行列についていた伊賀組組頭が、異変に気づいたとき、すでに配下の忍のほとんどを失っていた。

まさに戦国は遠くなりにけりであった。実戦経験のない忍は、死兵の敵ではなかった。

「十六名の伊賀者が……」

配下と合流しようと行列を離れた組頭は、己が死兵の囲いに捕まったことに気づいた。

「おのれ……」

さすがに組頭は抵抗した。

手に持っていた手裏剣を投げつけ、忍刀を抜くことはできた。

「…………」

まともに喉《のど》へ手裏剣を喰らった死兵は声も出さずに倒れた。生まれた隙を利用しようとした組頭は、囲いにできたひびへと身を投げた。

「くっ」

しかし、そこにはすでに別の死兵が待ちかまえていた。

仲間の死にも動じることなく、ただちにその隙間を埋める。それが死兵であった。

「死ね」

忍刀をぶつけるように振るった組頭は、失策を悟った。食いこんだ刀を死兵となった藩士が摑《つか》んだ。

「は、離せ」

焦って組頭が忍刀を引いた。死兵の指は全部切り落とされたが、そのわずかな手間こそ致命傷となった。

「…………」

仲間の死にも、傷にも眉《まゆ》一つ動かさず、別の死兵が組頭の背中を突いた。

「……ぐへっ」

忍としての矜持《きょうじ》を誇ることなく、苦鳴を残して組頭が倒れた。

「三名失ったか」

水口は伊賀者組頭の死体を一瞥《いちべつ》した。

「次こそ本命ぞ」

無言で死兵たちが首肯した。

「来たか」

最初に襲撃を察知したのは、黒鍬者八代久也であった。

「伊賀者の気配が消えた」

八代久也は配下たちに警告を発した。

「綱吉さまをお護りするぞ」

「承知」

山に住んでいた黒鍬者の発声は独特である。谷をこえても的確な言葉を伝えるため、大声ではなく、細く目指した相手にだけ聞こえた。

「いざとなれば綱吉さまを担いで逃げる。迎撃しようとするな。我らの仕事は綱吉さまを無事に江戸までお返しするだけ」

「言わずとも」

念を押す八代久也に、黒鍬者がしつこいと言った。八代久也は組頭であるが、綱吉に与《くみ》した者として同格でしかない。

「行け」

行列の先触れとして、街道に落ちている塵《ちり》などを処理していた黒鍬者のなかから八名ほどが散り、街道脇の松などに身を隠して綱吉の駕籠が来るまで潜んだ。

行列が帰途最初の泊まり、壬生《みぶ》城下まであと二里（約八キロメートル）となったところで、供頭は街道の左右に平伏する侍たちに気づいた。

「三浦志摩守《みうらしまのかみ》の家臣が出迎えておるのかの」

壬生城主三浦志摩守安次《やすつぐ》は、家光の寵臣で阿部豊後守らとともに六人衆と呼ばれた忠臣正次《まさつぐ》の息子である。

「さすがは、三浦志摩守どのよ。なかなかの気遣い」

将軍家日光参詣の帰途は壬生へ宿泊するのが慣例となっていたことで、供頭は三浦家の気配りと思いこんでしまった。

「三浦志摩守どのが、ご家中か」

供頭が問うた。

「……………」

黙って平伏したのは水口であった。

供頭が話し始めたことで、行列が止まった。

五千からの人数である。先頭の動きが、末尾まで伝わるには少しの間があった。

「…………」

行列が止まったことで異変を察知した小野次郎右衛門忠常は、羽織を脱ぎ捨てた。

「どうかしたのか、小野次郎右衛門どの」

無言で下緒《さげお》をはずし、たすきを掛け始めた小野次郎右衛門忠常に周囲が怪訝《けげん》な顔をした。

「ご一同、上様をお願い申す」

小野次郎右衛門忠常は、迎撃のために走った。

「…………」

行列の後方にいた緋之介も、異変を察知していた。

「なんだ、この圧迫は」

緋之介も急ぎ身支度を調えた。

「ご一同、曲者《くせもの》のようでござる」

「なにを……」

「どこにも姿など見えぬぞ」

端から緋之介のことを気に入ってなかった連中が、馬鹿を言うなとあきれた顔をした。

応えを待たず、緋之介は、家綱の駕籠へと駆けた。

「城への案内をたの……」

水口に声をかけた供頭の言葉がとぎれた。抜く手もみせず斬り払った水口の一刀が、供頭の喉を裂いた。

「ひっひっひい」

惨劇に旗本が悲鳴をあげた。

「死出の旅路、お連れいたそう」

平伏していた死兵たちが立ちあがった。

第三章　権の奪取

一

最初、行列は静かだった。

あまりのことに誰もが対応できなかった。また、死兵たちがむやみに人を斬《き》らなかったこともあって、警固の旗本たちは、呆然《ぼうぜん》と見送ってしまった。

「待て。これ以上は行かさぬ」

前から迫ってくる死兵たちを止めたのは小野次郎右衛門忠常であった。

「上様のご行列と知っての狼藉《ろうぜき》ぞ。九族根絶やしとわかっておるな」

「…………」

応えのなさに小野次郎右衛門忠常は、襲い来た者たちの覚悟を見抜いた。

死兵たちが、さっと刀を鞘走《さやばし》らせた。

とたんに行列がざわめいた。

「し、真剣……」

「ひっ」

生涯真剣での勝負をすることなどないのだ。剣術の稽古《けいこ》も侍としてのたしなみていどにしか思っていない旗本が、白刃《はくじん》独特の圧迫に悲鳴を漏らした。

「ならば、こちらも遠慮はいたさぬ」

ようやく小野次郎右衛門忠常は太刀《たち》を抜いた。

将軍の行列もまた殿中であった。鯉口《こいぐち》三寸（約九センチメートル）切れば、その身は切腹、お家断絶が決まりである。

小野次郎右衛門忠常は後手にまわるのを覚悟で、抜かずにいた。先に敵が太刀を手にしたことで、小野次郎右衛門忠常の行動は容認された。

「一刀流小野次郎右衛門忠常参る」

相手が引いてくれればと考え、小野次郎右衛門忠常は名のったが、誰も動じなかった。

「死兵につうじる肩書きはないか」

小野次郎右衛門忠常が苦笑した。

「おうりゃあ」

死兵の一人が小野次郎右衛門忠常目がけて上段から斬りかかった。

「ぬん」

小野次郎右衛門忠常は、半歩前に踏みだしてかわし、その勢いにのせて太刀を小さく跳ねた。

「………………」

斬りかかった死兵の左手首から先が落ちた。しかし、死兵は表情も変えず、右片手上段の構えに移った。

「死兵とは、そこまで……」

本来なら腕を押さえて転げまわるほどの痛みを、まったくないかのようにふるまう敵に、小野次郎右衛門忠常は驚愕《きょうがく》した。

「殺さざるをえぬようだな」

ぐっと小野次郎右衛門忠常は、気をひきしめた。腕を落としたところで意味がないと理解した。

「上様のお身に近づくことは許さぬ」

小野次郎右衛門忠常は、太刀を下段から跳ねあげた。

「かあああ」

右片手上段からの一撃が落ちてきた。

片手の一刀は両腕に比べて威力は落ちるが、切っ先は伸びる。

しかし、小野次郎右衛門忠常は避けなかった。大きく踏みこんで出てくる敵に体当たりをかました。

「ぐっ」

左手を失った死兵は、体勢を維持できず吹き飛んだ。

「そやつはお任せした」

やっと事態を飲みこみ始めた警固の旗本に告げると、小野次郎右衛門忠常は次の敵へと肉薄した。

「てえい」

後ろからは卑怯《ひきょう》などと言っていられなかった。小野次郎右衛門忠常は、家綱の駕籠《かご》へと急ぐ死兵の背中を割った。

小野次郎右衛門忠常の手に妙な感触が伝わった。

「なにっ」

斬ったはずの死兵が、倒れることなく振り返った。

「着こみか」

死兵は衣服の下に鎖帷子《くさりかたびら》を着ていた。

「ならば」

振り向いた死兵が太刀を向けるより早く、小野次郎右衛門忠常は突いた。

「ぐげっ」

帷子で護《まも》られていない喉《のど》を貫かれて死兵が息絶えた。

「ご一同、敵は鎖を着こんでおりますぞ。斬られるな、突かれよ」

小野次郎右衛門忠常が叫んだが、真剣勝負に血がのぼった旗本たちには届かなかった。

「大番組、石坂光右衛門《いしざかみつえもん》」

手柄だとばかりに名のりをあげて斬りかかった旗本は、着こみに太刀を止められた。

「き、斬れない」

焦ったところを死兵の一撃を喰《く》らい、石坂が血を噴いた。

「ぎゃああ」

「おろかなことを。上様をお護りできねば、手柄も名前もあるまいに」

うめいている石坂にちらと目をやって、小野次郎右衛門忠常が嘆息した。

「こうなっては槍《やり》も遣えぬ」

行列は数十名の死兵の蹂躙《じゅうりん》で、恐慌に陥っていた。味方同士での争いもいくつか起こっていた。このようなところで、長い槍を振りまわしては味方に損害が出るだけである。着こみに有効な槍を小野次郎右衛門忠常は諦《あきら》めた。

「もつか」

小野次郎右衛門忠常は、愛刀の切っ先を見た。着こみを斬ったことで、先が少し欠けていた。

「友悟はいかがしておるか」

緋之介の太刀は胴太貫《どうたぬき》を磨《す》りあげた細身のものである。着こみとあたっては、刀身自体が折れかねなかった。

「死ぬなよ」

息子の無事を祈りながら、小野次郎右衛門忠常は新たな敵を目指した。

数というのが突発の事態に対し、どれだけ頼りとならないかを、緋之介は痛感していた。

「なにをしているのだ」

あっさりと襲撃者を通過させてしまっている書院番《しょいんばん》ら警固の旗本に、緋之介はあきれていた。剣を抜き戦って負けたことで突破されるならまだしも、咄嗟《とっさ》のことに対応できず、動けない横を駆けられているなど、論外であった。

「これが旗本八万騎、勇猛でなった三河武士の裔《すえ》か」

情けながっている暇はなかった。何重にもなっていた警固の層をくぐった最初の死兵が緋之介の前へと迫ってきた。

「ここは通さぬ」

太刀を抜いて緋之介は宣した。

人を斬ることは心を削ることであった。やむなしといえども多くの人を殺した緋之介の心にはたくさんの澱《おり》がつもっている。澱が心のすべてを満たしたとき、緋之介は自らの命を絶つか狂うかするしかなくなる。それをわかっていながら、緋之介は過去何度も真剣を手にした。己ではなく他人を護る。緋之介の剣はそのためにあった。

「おう」

駆けてきた勢いをのせたまま、死兵が太刀をぶつけてきた。

「ぬん」

緋之介はこれをかわさなかった。家綱の乗った駕籠まで、三間《けん》（約五・四メートル）もなかった。下がることは家綱の身を危険にさらすことになる。

一歩踏みこんだ緋之介は、青眼《せいがん》に構えていた太刀を袈裟懸《けさが》けに落とした。腕や足を斬ることで戦うことをやめさせるという選択はない。将軍の行列を襲うことは、すなわち謀反《むほん》なのだ。生き残ったところでけっして許されるはずもなく、切腹ではなく斬首という侍として耐えきれない処罰が待っている。腕をなくせば足、足もだめなら食いついてでも、目的を果たそうとするのは、自明の理であった。

「ぐっ」

緋之介の太刀が死兵の首筋を刎《は》ねて、肩に食いこんだところで折れた。

死兵はうめき声を残して沈んだが、緋之介の太刀もその半分を失った。

「着こみか」

倒れた死兵の肩口に冷たく光る鎖帷子を見て、緋之介は後悔した。

緋之介は愛着のある太刀を迷うことなく捨て、脇差《わきざし》を抜いた。

「小野、これを遣え」

駕籠脇《わき》から声がした。

振り返った緋之介に、阿部豊後守が馬上から太刀を差しだしていた。

「お借り申す」

緋之介は遠慮せずに受けとった。

豪勢な拵《こしら》えを愛《め》でるまもなく、抜きはなった緋之介は、ずしりとした重みに目を見張った。

「先祖伝来の戦場往来刀じゃ。阿部家が神君とともに戦国を生きてきた証《あかし》。上様のために振るうにふさわしいものぞ。みごと遣って見せよ」

阿部豊後守が述べた。

「お任せあれ」

因縁のある阿部豊後守であったが、そんなことを言いつのっている暇はなかった。

緋之介は続いてやって来た死兵に切っ先をむけた。

「これほどとは」

緋之介同様、阿部豊後守も驚愕していた。家綱の行列が襲われるとは承知していた。しかし、せいぜい安宅丸騒動の再来ていどだと考えていた。ここまで肉薄されるとは思っていなかった。警固陣の外周、そこで小野次郎右衛門忠常と小野友悟こと緋之介によって食い止められると考えていた。戦場での経験を持たない阿部豊後守の読みまちがいであった。このままではまずいとわかった。なればこそ、阿部豊後守は緋之介に躊躇《ちゅうちょ》なく太刀を預けたのであった。

「なにをしている。上様の御駕籠を動かさぬか」

阿部豊後守の誤算はもう一つあった。旗本を始め、陸尺《ろくしゃく》などが、まったく役にたたなかった。

安宅丸のおりは、小野次郎右衛門忠常、緋之介以外にも果敢に立ちむかった書院番士がいた。いざとなれば、十人に一人くらいは役にたとうと考えていた阿部豊後守のあては大きくはずれた。誰もが呆然としてしまい、曲者《くせもの》が御駕籠近くで白刃を振るっているにもかかわらず、手を柄《つか》へ添えてさえいない者がほとんどであった。

「たわけどもが」

らちがあかないと阿部豊後守は、馬上から陸尺の一人を鞭《むち》で打った。

「痛い、なにを……」

やっと陸尺の一人が我に返った。

「たわけ、上様の御駕籠を担げ。いつでも避けられるように御駕籠を浮かせておけ」

「わ、わかりましてございまする」

陸尺が仲間に声をかけ、駕籠をもちあげた。

「我が家臣どもはなにをしておる」

阿部豊後守は鐙《あぶみ》に踏ん張って、馬上で背を伸ばした。

老中といえども、将軍に供奉《ぐぶ》しているときは、一人の家臣でしかない。己の藩士を近くに侍《はべ》らすわけにはいかなかった。陪臣《ばいしん》たちは行列の後半、徒士《かち》組より遠くでつきしたがっていた。

万一に備えて、阿部豊後守が選んだ藩士たちは、皆遣い手ばかりであった。それぞれに道場で名をはせるだけの腕は持っていたが、いかんせん真剣勝負の経験がなかった。

竹刀《しない》はもちろん、木刀よりも真剣は重い。振りかぶる、おとす、薙《な》ぐ、どの行動を取っても、腕にかかる力が違った。

「殿のもとへ」

行列の異変に気づいた阿部家の家臣が走りだしたのを、たった一人の死兵が迎え撃った。

「いかせぬ」

太刀を上段にあげた死兵は、阿部家の家臣が気づく前に、襲いかかった。

「えっ」

主《あるじ》のもとへまず急ぐことしか考えていなかった阿部家家臣たちはとまどった。なにより、将軍家の行列である。いかに異常が感じられても主の許可なく太刀は抜けないと、手ぶらで急いでいたことも悪かった。

四天王、三羽烏《がらす》、竜虎、道場で尊敬されるだけの技と経験をくりだす前に、三人が血に濡《ぬ》れた。

「ぎゃあ」

致命傷だったのは正面から袈裟懸けにされた一人だけだったが、返す刀で腕を刎ねられた二人も戦力からはずれた。

「きさま……」

同僚三人を犠牲にしたおかげで二人は太刀を抜くことができた。

「何者か。刀を捨てて縛につけ」

しかし、染みついた常識が、致命傷となった。

「……………」

倒れた一人を踏みつけて、死兵は跳んだ。

「なにっ」

阿部豊後守の家臣は、死体を足蹴《あしげ》にした死兵への驚きで、一瞬出遅れた。

真剣勝負とは、敵の息の根をどちらが早く止めるかの争いである。呼吸半分でも後手に回った者は、敗者となる。

一人目の家臣は青眼から上段へあげかけたところを喉を斬られて即死、二人目はなんとか一撃をくりだすことには成功したが、着こみをまともに叩《たた》いて動きを止めたところへ突きを喰らって殺された。

「鬼……」

見ていた徒士組の士たちが、ざわついて死兵との距離を取った。

「次は誰だ」

死兵が剣を振って見せた。

「ひいっ」

行列後半にしたがっていた荷物持ちの中間《ちゅうげん》が悲鳴をあげて、腰を抜かした。

あっという間に五人を屠《ほふ》って見せた死兵に、誰も立ちむかおうとはしなかった。

小野次郎右衛門忠常は四人目の死兵を突き技で倒した。

「まったくどうにもならぬわ」

家綱の駕籠脇へ走ることさえできなかった。恐慌に陥り、ただ動きまわり邪魔ばかりする警固の旗本、息の根を止めないかぎり食らいついてくる死兵、小野次郎右衛門忠常は一人でできることの少なさに嘆息した。

「鉄砲」

誰かが叫んだ。

行列の先頭を行く槍、その後ろに弓、そして鉄砲が続いていた。

「馬鹿な。このような混乱に鉄砲は味方を撃つだけぞ」

小野次郎右衛門忠常は、愕然《がくぜん》とした。

大名でも同じだが、将軍のお成りは行軍扱いになる。弾《たま》をこめてはいないが、鉄砲足軽たちは、いつでも撃てるように火縄を懐炉《かいろ》で保持し、玉薬などは早合《はやごう》にして持っていた。

命じられればそのとおりにするのが、足軽である。

背中にしょっていた袋を降ろすと、発射の準備に入った。

「ええい、ここで鉄砲を撃たれれば、収拾がつかなくなる」

ちらと家綱の駕籠に目をやった小野次郎右衛門忠常は、行列の先頭へと走った。

「鉄砲を下げよ。お味方衆に向けるつもりか」

「しかし、鉄砲組頭さまのご命《めい》でござる」

足軽頭が、職分をわきまえろと小野次郎右衛門忠常に述べた。

「たわけ、この位置から後ろへ撃つということは、上様の御駕籠へ向けて弾を放つことになるぞ」

「あっ」

言われて足軽頭が絶句した。

かつて駿河大納言忠長が、まだ西の丸にいたころ、堀の白鳥をたわむれに射た。秀忠へ献上するためであったが、筒先に本丸があったということだけで、届くはずもないのに罪を受けた。

将軍の血族でさえそうなのだ。鉄砲足軽など、首を飛ばされても文句を言えなかった。

「ひ、火縄を消せ。弾を抜け」

大慌てで足軽頭が叫んだ。

「おぬしたちは、前方を警戒いたせ。これ以上敵を増やすな」

「承知いたしました」

すなおに足軽頭が承知した。

返事を聞こうともせず、小野次郎右衛門忠常はとって返した。しかし、すでに先ほどの位置に死兵の姿はなかった。

なかった。

「食いこまれたか」

小野次郎右衛門忠常は、唇を噛《か》んだ。見れば傷ついている旗本の姿もあるが、多くは持ち場を離れていた。いちおう太刀を抜いてはいるが、とても戦う意欲は感じられなかった。

「情けなき」

血刀を提《さ》げて、小野次郎右衛門忠常は駕籠脇へと走った。旗本への期待が消えた。

「あと少しぞ」

水口が叫んだ。

すでに将軍の駕籠近くに供奉していた旗本の数は半減していた。

「三人いかせられるか」

近くにいた配下に水口が言った。

「よろしいのか。ご家老は手出し無用と」

配下が反論した。

「たわけ、綱吉ではないわ」

水口がたしなめた。

「ここで綱吉を襲ってみろ。すべて綱重さまの策と読まれてしまうであろう」

「では、誰を」

「綱重さまを襲え。もちろん、お身に傷一つつけることは許されぬ。供の者を四、五名倒せばいい」

「殿をか。綱吉に罪を被《かぶ》せると」

配下が読み取った。

「ばれぬか」

同じ家中である。顔見知りが警固していてもおかしくはなかった。

「大丈夫だ。我らは甲府に在していた。警固は江戸の者だけでおこなうと新見備中守が言っていた。名が知られるような失策はさすがにすまい」

己は生き残り、将来幕府の中枢にと考えている家老新見備中守のことを水口はさげすんでいた。

「承知した。三人抜けてだいじないか」

なかなか家綱の駕籠までたどり着けないことを配下が危惧《きぐ》した。

「問題ない。我らを足止めしているのは、あの書院番だけだ。他の者は、逃げだすことによって与えられる罰に恐怖して留《とど》まっておるだけ。あやつが崩れれば、我慢できまい。家綱もかわいそうにな。このていどの連中しか家臣としておらぬのだ。我らのように死して忠義を尽くす者がおらぬ。これも正しき将軍家でない証拠である」

水口が口の端をゆがめた。

「たしかに。では、行って参る」

配下が離れた。

緋之介は、一人で三人の死兵を抑えていた。家綱の駕籠から五間（約九メートル）のところで太刀を青眼に構え、敵を威圧していた。

「おう」

扇形に散開している敵の一人が、気合いをあげた。

注意を引いて緋之介に隙《すき》を作らせるための陽動である。緋之介はまったく相手にしなかった。

斬って出るとき、どれだけ普段と同じようにしたところで、力のこもり方が違った。刀を振り出し、足を踏みこむ。そのために肩、足、腕と動くために筋を縮め、あるいは伸ばす。気合いだけならばその必要がないため、わずかながら、漏れる呼気に勢いがなかった。

「…………」

示しあわせていたのか、気合いを出さずに別の死兵が斬りかかってきた。

すでに間合いは二間（約三・六メートル）を割っていた。一歩踏みだせば、十分切っ先が届く。

しかし、緋之介は動かなかった。当たらないと見切った。二寸（約六センチメートル）の見切りを緋之介はしてのける。死兵の一刀は五寸（約一五センチメートル）たりないと読んだ。

やはり三人の連携だった。残っていた一人が、緋之介の隣を駆けぬけようと走った。二人で緋之介の注意を引き、その間に家綱の駕籠へとりつこうとしたのだ。

「させぬ」

大きく踏みこんで緋之介は太刀を水平に振った。

「ひゅううう」

空気の漏れるような音をたてて、首の急所を断たれた死兵が血を噴きあげながら死んだ。

「うぬ」

残った二人が呻《うめ》いた。

「…………」

顔を見あわせて、二人が首肯《しゅこう》した。

「おう」

「りゃあ」

大上段から二人が斬りかかってきた。

着こみで胴体を包んでいる。胴を斬られても無視できると、隙だらけな構えで迫ってきた。

「すう……」

緋之介は息を吸うことで、心を一瞬で落ちつけ、二人の遅速を測った。

いかに呼吸をあわせたところで、生まれついての素質、修行の深さが違うため、微妙な違いはさけられない。緋之介はそこに活路を見いだした。

「おう、やあ」

前に踏みだし、膝《ひざ》を深く曲げて姿勢を低くして、緋之介は太刀を袈裟懸けに斬りあげ、落とした。

「うげっ」

着こみはずれ、股間をやられた一人目の死兵が悲鳴をあげた。さすがに男の急所である。太刀を落として手をあてた。

もう一人は声を出すことさえできなかった。ひるがえった緋之介の一刀は、死兵の喉を二寸（約六センチメートル）の深さで裂いた。

「しまった」

これも陽動だった。じつに三人の仲間を殺して、緋之介の間合いから、数人の死兵がはずれた。

緋之介を大きくまわりこんだ水口たちが、駕籠の反対側へとまわりこんだ。

「ちっ」

あわてて移動しようとした緋之介に、後ろに控えていた二人の死兵が間合いを詰めてきた。

「おのれ」

たたらを踏んで、緋之介は太刀を青眼に戻した。

「しつこい」

緋之介は大上段に太刀をあげた。一刀流極意射竦《いすく》めの技を死兵にかけた。

射竦めとは、満々たる気迫で敵を圧し、萎縮《いしゅく》させる技である。射竦めにかかった敵は、身動きすることもできず、ただ大根のように斬られた。

精一杯の気迫を緋之介はぶつけた。

「たわけ、死人がなにを怖《おそ》れるというのだ」

死兵たちが平然と笑った。

射竦めの根本は恐怖である。勝てない、やられるとの恐怖で、息があがり、身体の筋が硬くなることで、自在の動きを封じるのだ。すでに死人と化している死兵たちに、恐怖などなかった。

「家綱に殉じてやるがいい」

二人の死兵が冷たく告げた。

二

綱重、綱吉の兄弟は、家綱の駕籠より後方にいた。ともに騎乗であり、一門ということで周囲にそれぞれ十数名の藩士たちを供とすることを許されていた。

「御駕籠が襲われておりまする」

綱吉の家臣が叫んだ。

「なにっ。ただちにお助けに参るぞ」

「なりませぬ」

駆けだそうとした綱吉の馬の轡《くつわ》を家臣が押さえた。

「なぜじゃ」

「将軍家の周囲には多くの旗本衆がおりまする。そこへ馬で乗りつけられては、陣形が乱れまする」

「ならば、降りる」

綱吉が馬から降りた。

「ものども続け」

走りだそうとする綱吉を、ふたたび家臣が止めた。

「離せ、離さぬか」

怒った綱吉が家臣を打擲《ちょうちゃく》した。

「いいえ、離しませぬ。今、殿がいかれたところで、なにがおできになりましょうや。ここは、上様を警固している書院番たちにお任せになり、殿はお身のことをお考えあそばされますよう」

「役にたたぬと申すか」

綱吉が激昂《げっこう》した。

「そうではございませぬ。殿には殿のなさりようがあると申しあげておるのでございまする」

「余なりのか」

「はい。殿のお役目は、まずお身を安全なる場所に避難させたまい、要りようの警固のみを残し、残りを上様のもとへ援軍としてお出しになることでございまする。殿が争闘の場に出向かれまするると、我ら全員殿をお護りすることに必死になり、他のことがなせませぬ」

「……そうか。それでは、援軍の意味がないな。よくぞ申してくれた。誉《ほ》めてつかわす。では、余はあの林まで退く。四名だけ供をいたせ、残りは上様のもとへ行け」

「承知いたしましてございまする」

綱吉の命に家臣たちが首肯した。

粛々と行列を離れていく綱吉とはぎゃくに、綱重はさっさと逃げだしていた。

「先見をいたせ。林のなかに曲者が潜んでおらぬかどうか、よく調べよ」

綱重付きの供頭が、配下を斥候に出した。

「後ろの二人は少し残れ、敵が後を襲ってくるようならば、そこで止めよ」

「はっ」

家臣たちが請けた。

今回の襲撃を綱重と供たちは知らされていなかった。知っていてぼろを出してはならぬと、家老新見備中守が考えた結果であった。

「林のなか、人気《ひとけ》はございませぬ」

斥候が戻ってきた。

「よし、殿のお馬を」

轡を引っ張られた綱重の馬が小走りになった。

「陣を組め、警戒を怠るな」

綱重を馬から降ろし、周囲を家臣たちが取り囲んだ。

「何者であるか」

狩衣《かりぎぬ》姿の綱重が尋ねた。

「わかりませぬ」

供頭は首を振った。

「上様はだいじないかの」

「お旗本衆が警固しておりますれば」

大丈夫だと供頭は言わなかった。

「行かなくてよいのか」

「我らは殿のお命をお護りするのが役目でございまする」

援軍に行かなくてよいのかと問うた綱重に供頭は首を振った。

「そうか」

綱重が、納得したとき、もっとも行列に近いところにいた家臣が悲鳴をあげた。

「ぎゃっ」

「どうした」

「曲者か」

たちまち陣形は崩れた。

行列から離れた死兵たちが襲ってきた。

「うぎゃあぁ」

死兵は、遠慮なくかつての同僚たちを斬った。

「うわああ」

あわてて警固の藩士も、太刀を抜いて抵抗したが、相手になるはずもなく、たちまち三人が地に伏した。

「殿を護れ」

供頭が叫んだ。

「な、なぜ、余に……」

震える声で綱重が、疑問を口にした。しかし、誰も応えるだけの余裕を持っていなかった。

「この……」

初心の者ほど、頭に血がのぼれば、道場での稽古などを忘れて太刀をあげてしまう。身についた本能であったが、かえって悪かった。がら空《あ》きになった胴を撃たれて、さらに二人が沈んだ。

「わあああああ」

死を間近に見た一人が、狂気に落ちた。太刀をやたら振りまわし、己だけ逃げようとするかのように、陣形から飛びだした。

「馬鹿者」

剣の心得のある者が止めようとした。

「うわ、うわあああ」

恐慌に陥った藩士には、聞こえなかった。

「ふっ」

死兵の一人によって、藩士はあっさりと首を飛ばされた。

「援軍を、援軍を」

綱重がわめいた。

「もうよかろう」

死兵たちが顔を見あわせてうなずき、さっと背を向けた。

「た、助かったのか」

「殿のお声で敵がひるんだようでございまする。さすがのご威光にございまする」

大きく肩の力を抜きながら、供頭が述べた。

「そうか、そうなのだな」

力なく腰を落として、綱重が笑おうとして頬《ほお》を引きつらせた。

「退いたな」

綱吉の蔭供《かげども》をしていた黒鍬者が、死兵の撤退に首をかしげた。

「こちらには来ぬようだ」

黒鍬者がじっと気配を探った。

「なにか聞いているか」

綱吉に手出しをしてこないのだ、館林家の手の者と考えることもできた。

「いや。組頭からはなにも……」

もう一人の黒鍬者も首をかしげた。

「しかし、それにしても中途半端ではないか。あと少しで綱重さまを害せたにもかかわらず、あっさりと背を向けた」

「かくれみのか。襲われた者が、指示者とは誰も思わぬ。その上、綱吉さまに疑いをかけられる。なかなかに策士なことよ」

「かも知れぬな。とにかく我らは綱吉さまだけを護ればいいのだ。かかってこぬ者へ、こちらから手出しをして、よけいな注意を引くことはない。そういう謀《はかりごと》は、もっと上の者にまかせればいい」

「よな」

黒鍬者は、鉱山衆の流れを汲《く》む。林のなかは、家にひとしい。すっと二人の黒鍬者は林に溶けこみ、見えなくなった。


「邪魔しなければ見逃してくれる」

水口が、駕籠脇で血相を変えている書院番士たちへ言った。

「だ、黙れ。上様に向かって不埒《ふらち》なまねは、この伊丹安房守《いたみあわのかみ》が許さ……」

太刀を伸ばして意気を吐いた書院番組頭伊丹安房守が、不意に止まった。

抜く手もみせず、水口の放った一刀が伊丹安房守の首を刎ねとばしていた。

「次はどうする」

大きな音をたてて、伊丹安房守の身体《からだ》が倒れた。飛び散った血を顔に受けながら、表情も変えず、水口が迫った。

「ひいぃ」

陸尺たちが、駕籠を降ろして逃げ散った。

「うっ……」

残っていた書院番士たちも呻いた。

「どけっ」

水口が血刀をつきだした。

「背を向けるわけにはいかぬ。書院番山下《やました》左近《さこん》」

書院番の一人が、己を奮い立たせるように叫んで斬りかかった。

「覚悟はしたようだが、甘いわ」

避けようともせず、水口は太刀を振った。

「ひゃあ」

胸を真横に斬られ、みょうな声をあげて、山下左近が死んだ。

「賊徒どもめ」

別の書院番士が続いた。

「おうやあ」

まっすぐ手を一杯に伸ばして突いた。

「ふん」

鼻先で笑うと、水口は下段に降りていた太刀を、斬りあげた。

「ぎゃあ」

両手を肘《ひじ》から飛ばされて書院番士が絶叫した。肘から血を流しながら、書院番士がうずくまった。

「どうする」

水口が凄《すご》んだ。

「ひいいいいい」

耐えきれなくなった書院番士の一人が逃げた。

「利口な行動だ。おまえたちはあくまでも家綱を護るというのだな」

ゆっくりと水口が残っている旗本を見た。

「おまえたちが仕えるのは家綱なのか、それとも将軍家なのか」

　水口が問うた。

「ここで死ねば、新しい将軍、真の継承者の御世を迎えられぬぞ」

「黙れ。上様なくして徳川はない」

　駕籠脇に控えていた阿部豊後守が怒鳴った。

「今逃げた者は、決して許さぬ。一族郎党にいたるまで、幕府から追放してくれる」

「阿部豊後守か……おまえは家綱に殉じてやれ。先代の供をできなかったのだ。今度は手を引いてやるがいい」

　水口が太刀を振るった。

「あああああ」

　抵抗もできず、書院番士が命を失った。

「なにをしておる。皆、上様の御前ぞ。励め」

　阿部豊後守が叫んだが、周囲の旗本たちは、動きようがなかった。それぞれが敵と対峙《たいじ》しているか、すくんでいた。

「これも尊き座を略取した報いよ」

　最後に残っていた一人の書院番士に向けて、水口は刀をゆっくりと突きだした。

「えっ、えっ」

腹に入ってくる冷たい刃《やいば》を感じながら書院番士が息絶えた。

「させぬわ」

駕籠と水口の間に阿部豊後守が馬を割りこませた。

「無駄なことを。ならば、おまえが先にいけ」

馬ごと阿部豊後守を両断すべく、水口が太刀を大上段に振りかぶった。

「なにをやっておる。このていどの輩《やから》に手間取りおって」

二人の死兵に抑えられていた緋之介は、目の前に現れた小野忠也に目を疑った。

「師……」

「口を開けている暇があれば、後ろへいけ」

あっさりと二人の死兵の間を抜けた小野忠也は、緋之介をうながした。

「は、はっ」

命を理解した緋之介は、膝をたわめて跳んだ。あとの咎《とが》めは覚悟で、緋之介は駕籠の頂点に足をかけ、阿部豊後守の馬をこえた。

「させぬ」

水口が落とした大上段からの一撃を、緋之介は太刀で受けた。

激しく火花が散り、刀の破片が緋之介と水口の顔に刺さった。

「きさまあ」

鍔迫《つばぜ》り合《あ》いとなった水口が、緋之介をにらみつけた。

「………」

緋之介は無言で押しこんでくる力に対抗した。

鍔迫り合いは互いの太刀がぶつかっている状態である。間合いはなく、力で押し合うのだ。長年重ねてきた技など、鍔迫り合いにはほとんど役にたたなかった。

声を漏らすことは息を吐くことである。息を吐けば、吸わなければならなくなる。息を吸うためには、胸の筋をゆるめ、肺を拡げてやらなければならない。筋がゆるむということは、力を入れられないことでもあった。

緋之介は、後を考えない死兵の力を思い、呼吸を止めて耐えた。

人というものには、無意識の制限があった。これ以上力を出せば、骨が耐えられなくなって折れてしまうとなったとき、頭では考えていないにもかかわらず、筋に制御がかかる。人が生きていくために、生まれつき備わっている機能である。しかし、これは生きている者にしか作用しなかった。あとのことを捨てた死者は制限なく力を出せた。

大柄な水口が、細身の緋之介へ覆い被《かぶ》さるようにのしかかってきた。上から押しつぶそうというのである。

「潰《つぶ》れろ」

真っ赤な顔で水口がほえた。

細身の緋之介は、実際よりも小柄に見られがちである。抑えこめると考えた敵は、緋之介の上から体重をかけようと、腰を伸ばす。腰が伸びれば踏ん張りはきかなくなった。

緋之介は、この瞬間を待っていた。

すばやく足を送った緋之介は、のしかかる圧力を左へと流した。

死兵の下がることなき気迫が仇《あだ》となった。預けた体重の支えを失った水口は、急激に前のめりとなっていく身体を止めようとたたらを踏んだ。

「おうりゃああ」

水口の右首めがけて緋之介は太刀を薙いだ。

「ひゃく」

首の急所を断たれた水口は妙な声をあげ、天をあおいだ。

「ま、まだ……」

血とともに呪詛《じゅそ》のような言葉を口からこぼしながら、水口は家綱の駕籠へと半歩踏みだした。

「慮外者《りょがいもの》が」

馬上から阿部豊後守が水口を蹴った。

大きく重心を崩して、ゆっくりと倒れた水口は、二度ほど痙攣《けいれん》して絶息した。

「残るはお前らだけぞ、あきらめろ」

阿部豊後守が馬上から、告げた。

水口の配下、二人の死兵が顔を見あわせた。

無言でうなずいた二人は、太刀を水平にまっすぐ伸ばすと、そのまま緋之介、阿部豊後守へと体当たりしてきた。

「馬ごと御駕籠を突くつもりか」

阿部豊後守は、馬から滑り降りて駕籠の前に立ちふさがった。

「りゃああ」

裂帛《れっぱく》の気合いとともに突っこんできた死兵に向かって、緋之介は腰より低く身体をかがめ、間合いを詰めた。

手にしていた太刀で、阿部豊後守へと向かう死兵の左太股《ふともも》を断ち割り、己へと向かってくる白刃の下をかいくぐって、相手の腹に肩をぶつけた。

「ぐえっ」

太股を斬られた死兵がたまらず転がり、緋之介に腹を打たれたほうは、嘔吐《おうと》しながら後ろへ倒れた。

「こいつめ」

倒れた死兵を、傍観していた旗本が刀で斬った。

「ぎゃっあ」

「痛いっ」

顔を浅く斬られた死兵と、勢いあまって己の足に斬りつけた旗本が悲鳴をあげた。

「突くのだ、こういうときは」

別の旗本が呻いている死兵を上から突き殺した。

「上様を襲った曲者を、真柄弐右衛門《まがらにえもん》が討ちとったあああ」

血刀を振りながら、真柄が勝ち名乗りを誇らしくあげた。

「たわけめ」

阿部豊後守が冷たい眼で真柄を見た。

手柄の横取りも気にせず、緋之介は、片足を失っても腕で駕籠へと這《は》う、死兵の首へ止《とど》めを入れた。

「…………」

「ああ。そやつは、拙者が……」

真柄とは別の旗本が、悔しそうにつぶやいた。

「どうやら、終わったようだの。では、そろそろ片づけるか」

勝ち名乗りを聞いた小野忠也が笑った。

「…………」

二人の死兵は、小野忠也の間合いに踏みこめずにいた。小野忠也から発する圧力は死者さえも抑えていた。

「死人といえども、身体が動かねば死兵にはなれぬ」

するすると小野忠也が前に出た。

「くっ」

「ううっ」

死兵二人の顔がゆがんだ。

「死兵に遣うのは初めてなれど、一刀流威《い》の位、成仏の助けとせよ」

小野忠也が大上段に太刀を構えた。

「い、射竦めはき、きかぬわ」

　一人が小さく口の端をゆがめた。

「馬鹿め。射竦めなど余技に過ぎぬ。一刀流威の位、鬼にあえば鬼を斬り、仏にあえば仏を斬る。すべてのものを両断する威力。これが伊藤一刀斎さまが創始された一刀流の極意なり」

　気にせず小野忠也は、間合いを詰めた。

「う……」

「ひくっ……」

　すさまじいまでの殺気に、死兵たちがうめいた。それでも抗《あらが》おうと太刀をあげた。

「その気力、みごとなり。死兵の真髄しかと見た。成仏いたせ」

　気合い一閃《いっせん》、小野忠也の太刀が落ち、また上がった。

「ぐううう」

「がはっ」

　鎖帷子ごと二人の死兵が、袈裟懸け、逆袈裟に両断された。

「すごい」

　駕籠ごしに、小野忠也の斬撃を見た緋之介は、息をのんだ。

「ふん。着こみごときでおたつきおって。始祖小野忠明は、どうやって伊藤一刀斎先生から皆伝を受けたか、忘れたか」

きびしい目つきで、小野忠也が緋之介をにらんだ。

小野家初代忠明は、もと神子上典膳《みこがみてんぜん》と名のっていた。兄弟子にあたる小野善鬼《ぜんき》と二人で伊藤一刀斎の諸国修行に同行していた。その旅の途中で伊藤一刀斎が、二人のどちらかに一人相伝の免許を与えると言いだしたことに始まった。

伊藤一刀斎が一刀流のすべてを書き記した巻物を小野善鬼が奪って逃げだした。

「我が愛刀を預けるゆえ、小野善鬼を追い、巻物を取り返して参れ」

そう命じられた神子上典膳は、兄弟子の後を追い、ついに一軒の農家へ隠れた小野善鬼を発見した。

追い詰められた小野善鬼は、巻物をくわえて、大きな水瓶《みずがめ》のなかへ忍んだ。それを悟った神子上典膳は、瓶の蓋《ふた》を開ける愚を避けた。

見えないだけに、なかでどのような待ち伏せを小野善鬼がしようとしているのかわからないのだ。

神子上典膳は、師匠から預かった大太刀を真っ向から振りかぶって、瓶を撃った。

「よくぞ、してのけた」

伊藤一刀斎が誉めた。神子上典膳の一撃は、瓶を割るのではなく、なかに潜んでいる小野善鬼ごと両断していた。

こうして神子上典膳は、伊藤一刀斎から一刀流免許皆伝と瓶割りと名づけられた太刀を譲り受け、倒した兄弟子から姓を貰《もら》って小野忠明と変え、小野派一刀流を創始した。

「小野派一刀流の極意は、なにものをも両断する威力ぞ。それを忘れてはどうにもならぬ」

いつの間にか近づいていた小野次郎右衛門忠常へ、小野忠也が告げた。

「友悟めはいい。小野派一刀流からはずれておるからな。こやつの剣は軽い。着こみを断てるほどの勢いがない」

小野忠也が、緋之介へ顔を向けた。

「なれば、よく足を送り、着こみのない首筋、内股などを的確に撃てばいい。人体にはいくつもの急所がある。馬鹿の一つ覚えのように大上段ばかりしたところで、意味がないとなぜ気づかぬ」

「……申しわけございませぬ」

緋之介は頭をさげるしかなかった。死兵の圧迫に、普段の稽古を忘れてしまっていたことを反省した。

「それよりおぬし、なぜここへ」

小野次郎右衛門忠常が問うた。

「このできの悪い弟子が、将軍家行列供奉に抜擢《ばってき》された。みょうだと思うのが当然であろう。友悟を召しだすならば、安宅丸の直後でなければなるまい」

ちらと小野忠也が阿部豊後守を見た。

「あのときなんの音沙汰《おとさた》もなく、今ごろになって呼びだしをかける。裏になにもないと考えるほうがおかしい」

「はい」

罠《わな》だと小野次郎右衛門忠常も緋之介も考えていた。だが、これほどの敵と戦うことになろうとは思ってもいなかった。安宅丸の一件で戦った相手が、多少遣えるていどの剣士であったことも油断を誘っていた。

「しかし、よく、死兵が来るとおわかりになられましたな」

小野次郎右衛門忠常が訊《き》いた。

「霧島に聞いたのよ」

種明かしを小野忠也がした。

「霧島どのに」

緋之介が驚いた。

「やたら通い詰めてくる客がいると」

「わたくしは、西田屋甚右衛門どのから聞いておりませぬ」

「あたりまえじゃ」

小野忠也が苦笑した。

「遊女屋ぞ。客が妓のもとに来るは当然であろう。儂《わし》も睦言《むつごと》で、霧島から語られただけだ。それにな、遊女屋が警戒するのは、大門内でなにかあるやも知れぬ、あるいはあったときだけ。外のことは放置が決まりであろ」

「たしかに」

言われて緋之介は納得した。

「それにな、儂が聞いたのは霧島を落籍《ひか》させてからよ。初めて客と遊女ではなく、好きあう二人として身体を重ねたあとに、霧島が言ったのよ。まぐわうことが、これほど愛《いと》しいとは知らなかったとな。その話の続きとして、同僚の遊女がぼやいていたと語りだしたのだ。毎日やってきては、なにも言わずにただことをなすだけ。そのうえ、刻限が来ても揚屋《あげや》の男衆が止めにはいるまでやりつづけ、すり切れてしまいそうだと」

「それのどこがおかしいと」

小野次郎右衛門忠常も首をかしげた。

「ふん。阿部豊後守どのよな」

じっと見おろしている阿部豊後守へ、小野忠也が声をかけた。

「いかにも。小野忠也どのか」

稀代《きたい》の剣士への礼儀か、阿部豊後守は敬称をつけた。もっとも足を鐙からはずすという、馬上での礼儀はとっていなかった。

「お初にお目にかかる。さて、聞いてのとおりだ。泰平が尊いことは弁をまたぬ。しかし、戦う者たる旗本がこれでよいのかな」

「それは……」

阿部豊後守も答えられなかった。

「男が女に精をやたらと放つとき、それは死を覚悟したとのこと。一年や二年禁欲したところで、そこまで男は精を放ちつづけられはせぬ。その限度をこえてやったというのは、己の子孫を残さねばならぬと、本能が身体をこえたときのみ。戦国のころ、合戦の前によくあったこととよ。このていどのことも知らぬでは、どうしようもあるまい」

小野忠也が述べた。

「ううむ」

「人を殺すことがよいとは思いませぬ。だが、一瞬で殺す覚悟、己も死ぬ覚悟、どちらもできて初めて侍と言えるのではござらぬか。代々の禄、先祖が戦場で命をかけて購《あがな》った功績を我がものと勘違いしている馬鹿どもを、このまま放置していれば、いつか、幕府は手痛い目に遭《あ》いましょうよ」

阿部豊後守に言いたいことを告げて、小野忠也が緋之介へ顔を戻した。

「さて、これで儂は帰る。二度と江戸に出てくることはない。壮健でおれよ、友悟」

「師……」

感激で緋之介はなにも言葉が出てこなかった。

小野忠也がわざわざ江戸を離れて、日光まで来たのは、ただ緋之介のことを気にしてくれたからだとわかったからであった。

「かたじけなし」

小野次郎右衛門忠常が深く礼をした。

「…………」

振り向くこともなく、小野忠也は去っていった。

「豊後」

駕籠のなかから家綱が呼んだ。

「はっ」

阿部豊後守が腰をかがめた。

「駕籠の扉を開けよ」

「それはなりませぬ。上様」

家綱の言葉を阿部豊後守が拒否した。

「上様のお目に入ってはならぬものがございますれば」

行列は惨憺《さんたん》たるありさまであった。とくに死兵が狙《ねら》った家綱の駕籠付近は敵味方の死体と、撒《ま》き散らかされたような血で覆われていた。

「目に入ってはならぬものとは、なんだ。躬《み》を護って傷ついた者をねぎらってやりたいのだ」

めずらしく、家綱が阿部豊後守の言うことをすなおに受けなかった。

「それならば、江戸へ戻ってからでも十分でございまする」

「豊後よ。躬はなんぞ。将軍ではないのか。将軍とは武家の統領である。戦いを忌避《きひ》していてはなるまい」

「それは……」

阿部豊後守が詰まった。

「よいわ」

自ら家綱が扉を開けた。あわてて小野次郎右衛門忠常と緋之介は平伏した。

「上様、なにを」

初めて逆らった家綱に、阿部豊後守があわてた。

「履きものを……」

家綱の求めはかなえられなかった。履きものを預かっているのも陸尺である。その陸尺が遠くに逃げていた。

「どうぞ、御駕籠のうちで」

頭をさげたまま、小野次郎右衛門忠常が止めた。

「小野次郎右衛門か」

すぐに家綱が気づいた。

「おそれいりまする」

「そこにおるのは……もしや、あのときの」

家綱が緋之介を見た。

「なりませぬ。その者は、上様にお目通りをすましておりませぬ」

阿部豊後守が手を振った。

「かつて神君家康さまは、遊女屋の主にも目通りを許したという。この者は、旗本ではないのか」

「………」

家康の名前を出されて、そのうえで言いつのることは老中といえどもできなかった。

「愚息友悟めにございまする。戦陣でのならいとわきまえてのうえで、お声をいただきまする」

小野次郎右衛門忠常は、格別の配慮で特別なこと、江戸に戻れればなかった話と、阿部豊後守へ気づかった。

「ほう。小野次郎右衛門の息子であるか。よい、顔をあげよ」

「上様のお言葉じゃ、友悟」

「はっ。小野次郎右衛門が末息、小野友悟めにございまする」

緋之介はわずかに顔をあげた。

「うむ。先だっては、満足に報いてやることもできなかった。すまぬと思うぞ」

家綱が詫《わ》びを口にした。

「おそれおおいことを仰せられまする」

あわてて緋之介が平伏した。

「こたびもしてのけてくれたようじゃな」

駕籠脇の惨状に表情を曇らせながら、家綱が述べた。

「いえ。わたくしはなにもいたしておりませぬ。すべて御駕籠脇の衆が」

緋之介は首を振った。

「遠慮ぶかいやつよの。小野次郎右衛門」

「はっ」

「この者がそなたの跡継ぎか」

「いえ。友悟は他家へ出すことになっておりまする」

小野次郎右衛門忠常が首を振った。

「旗本か」

「は……」

「水戸の家中と聞いておりまする」

家綱の問いに応じようとした小野次郎右衛門忠常の答えを阿部豊後守が奪った。

「右近衛権中将か」

定府《じょうふ》を命じられている水戸家の当主光圀は、今回の日光行きには供奉していなかった。

「江戸に戻って右近衛権中将に、この者をくれるよう頼む」

「それはなりませぬ、上様」

あわてて阿部豊後守が止めた。

「豊後、そなた、躬を物笑いの種にいたしたいのか」

「な、なにを。そのようなことあろうはずもございませぬ。わたくしめは、上様をご父君家光さま以上の名君にと、日夜お仕え申しあげておるのでございまする」

阿部豊後守が驚愕した。

「信賞必罰こそ、政《まつりごと》の根本ではないか。二度も躬を護りとおした者になんの褒賞も与えぬとなれば、誰が、今後危機に挑んで命を投げてくれよう」

「それは……」

家綱の論は正しい。阿部豊後守は言い返せなかった。

「小野次郎右衛門にも加増を」

「上様、誠に僭越《せんえつ》ながら……」

小野次郎右衛門忠常が口をはさんだ。

「我ら旗本は、万一のおり、上様の盾となるよう禄をちょうだいいたしております。しかも本来二百石でございました小野家は、ご高恩《こうむ》を被り八百石にまで増やしていただきましてございまする。これ以上の加恩をいただいては、冥利《みょうり》にすぎまする。なにとぞ、わたくしめへのお心遣いはお止《や》めくださいますよう」

「無欲なことを。しかし、そのままというわけにはいかぬ。なにか望みがあれば申せ」

家綱が告げた。

「せっかくのお言葉でございまする。では、将軍家剣術指南役をお命じくださいませ」

「小野家は代々そうではないのか」

申し出に、家綱が首をかしげた。

「筋としてはそうでございますが、役目といたしましてはまだ」

「そうか。躬があまり丈夫でないゆえ、剣術の稽古を好まぬことが、小野に悪くなったのであろう。豊後、手配をいたせ」

「はっ」

上意である。阿部豊後守もしたがうしかなかった。

「あとは、友悟と申したな。そなたの身柄だが」

家綱が緋之介を見おろした。

「江戸へ帰ってからの沙汰となるが、躬のもとへ参れ。よいな」

「上様、そのことは、あらためて江戸へ戻ってからと」

「うむ。豊後、そなたに任せた。きっといたせ」

「はい」

「そなたも待っておるがよい」

「はっ」

緋之介は平伏した。

「上様、ご無事で」

そこへ、騒ぎを聞きつけた三浦志摩守が家臣を引き連れて駆けつけてきた。

「豊後、志摩を出迎えてつかわせ」

「はっ」

命じられた阿部豊後守が、表情をなくした顔で三浦志摩守のほうへと向かっていった。

三

家綱襲撃の翌日、吉原の西田屋甚右衛門方を、ふたたび御三家紀州徳川の当主頼宣《よりのぶ》が訪れていた。

「これは、紀州さま」

すでに頼宣の顔は西田屋の忘八《ぼうはち》たちにも知られている。すぐに主へと報《しら》された。

「おいでなさいませ」

出迎えた西田屋甚右衛門は、頼宣の表情を見て悟った。

「離れへご案内いたしまする。皆、わたしが呼ぶまで誰も近づけないようにね」

「へい」

忘八たちが首肯した。

西田屋甚右衛門のせりふは、離れに忘八衆の結界を張れとの命であった。忘八が張った結界のなかへは、忍《しのび》といえども入ることはかなわなかった。

「どうぞ」

「うむ」

満足そうに首肯して頼宣があとに続いた。

「あいにく織江さまは、お出かけでございますが」

離れの障子を開けた西田屋甚右衛門が言った。

「知っておる。阿部豊後の声がかりだそうだな」

頼宣が笑った。

「あやつも死んだ伊豆守と同じで、小細工をしたがる。家光に尻をかわいがられての出世だからの。器が身分についておらぬ証拠じゃ」

家綱補任の功臣を頼宣は嘲《あざわら》った。

「…………」

まさか同意もできず、西田屋甚右衛門は沈黙するしかなかった。

無言で西田屋甚右衛門は、離れの片隅にきってある炉で湯を沸かし始めた。風炉が鳴るまで二人は沈黙していた。

「粗茶でございまするが」

作法どおりに点《た》てた濃い茶を、西田屋甚右衛門が勧めた。

「いただこう」

背筋をみごとに伸ばした姿勢で、頼宣が喫した。

「けっこうなお点前《てまえ》でござった」

茶室に身分の上下なし、ただ一期《いちご》一会《いちえ》の思いありと、頼宣もていねいに礼を述べた。

「本日は、どのようなご用件でございましょうや」

西田屋甚右衛門は、己の茶を点てず、頼宣へ尋ねた。

「ところで西田屋」

頼宣は答えず、ぎゃくに訊いた。

「昨日将軍家日光参拝行列が、謀反人どもに襲われたことを聞いておるか」

「な、なんと仰せられました」

今市から江戸までは三日の旅程である。いかに早耳でもまだ聞こえてはいなかった。

「知らぬか」

ゆっくりと頼宣がくりかえした。

「そ、それで……」

西田屋甚右衛門は、結果を教えてくれと願った。

「上様におけがはない」

頼宣が告げた。

「織江さまは……」

「あやつももちろん無事じゃ。というより、また上様のお命をお救い申したようだ」

「さ、さようで」

安堵《あんど》のため息を西田屋甚右衛門が漏らした。

「不思議なことよな」

頼宣が西田屋甚右衛門を見た。

「吉原は苦界《くがい》、世間とは天地さえ異にする場所。大門のなかに影響がなければ、将軍や天皇が代わろうとも気にもしない。その吉原を総括するきみがてて、すべての遊女の父たるおぬしが、織江のこととなると顔色を変える。なぜかの」

空《から》になった茶碗を愛でながら、頼宣が首をかしげた。

「…………」

ふたたび西田屋甚右衛門は沈黙するしかなかった。

「今は偽名を名のっておるが、織江は旗本小野次郎右衛門忠常の末子、柳生十兵衛《じゅうべ》三厳《えみつ》の娘婿として、大和柳生を継ぐべき者だった。十兵衛三厳《よし》の娘が死去したために柳生との縁は切れているが、小野次郎右衛門忠常の息子であることはかわりない。もっともこれにも奇妙なことがある。小野次郎右衛門忠常の末子友悟は、病死したとの届けが一度お上にあがっている」

小さく笑いながら頼宣が述べた。

事実であった。松平伊豆守の執拗《しつよう》な追及から、実家をかばうために一度小野友悟は病死したと届け出たことがあった。水戸光圀らの尽力で、この届け出はなかったものとされ、経緯いっさいを含めて秘されていたが、頼宣はどこからか話を手に入れていた。

「まあ、本人が生きておるのだから、かまわぬのだが」

頼宣は、すべてを知っていると言っていた。

「旗本の息子と吉原。客と遊廓《ゆうかく》の関係ならば、問題はない。だが、吉原の大門うちに住み、きみがててての気遣いを受けるとなれば、ちとややこしいことになるな」

「…………」

額《ひたい》に汗を流しながら、西田屋甚右衛門は無言をとおした。

「西田屋」

「はい」

「織江は隠れ蓑《みの》であろう」

緋之介は、幕閣の目を集めるための道具であろうと、頼宣が言った。

「な、なにを」

頼宣が口にした一言に、西田屋甚右衛門は驚愕した。

「いづやに隠されていた家康公の金印、松平伊豆守あたりは、必死に欲しがったようだが、あれは餌《えさ》よな」

「なんのことやら……」

西田屋甚右衛門は脂汗を流していた。

「返事はせずともよいぞ。なあに老人のたわごとだでな」

茶碗を置いて頼宣が続けた。

「家康公は、なぜ三代将軍に家光をつけたのであろうな。長幼を重んじたと世間では申しておるようだが、それはとおらぬ。家康公がまず、二代将軍の継嗣でそれを破っておるからの。切腹させた長男に代わって三男というのは、おかしいの。次男が、秀康がいたのだ。長幼の順を言うなら、秀忠ではなく秀康でなければならぬ」

「そのような難しいお話は……」

「自分がしなかったことを息子に押しつけてはいかぬ。しかし、秀忠は唯々《いい》諾々《だくだく》としたがった。まあ、神君の言葉にさからえるはずもないがな」

西田屋甚右衛門の口を封じるように、頼宣が重ねた。

「その家光を将軍にと家康さまへ訴えた春日局《かすがのつぼね》のことだがな」

「……うっ」

名前を聞いた西田屋甚右衛門が息を詰まらせた。

「明智光秀とともに織田信長の首を刎ねた斉藤内蔵助《さいとうくらのすけ》が娘だそうだの」

「はて、わたくしは、存じませぬが……」

「光秀の天下が続いておれば、明智幕府の老中となって百万石ほどを領した大大名であったろうに、秀吉が天下をとったために、謀反人となってしまった。斉藤内蔵助は美濃で捕まり、京は六条河原で磔《はりつけ》、首は本能寺跡に腐るまで晒《さら》されたという」

「でございますから、そのようなことは……」

「天下の謀反人の娘。全国津々浦々に手配は回ろう。それこそ草の根を分けても捜しだし、極刑に処せられる。しかし、春日局こと斉藤内蔵助の娘福《ふく》は、逃げ延びた」

頼宣は西田屋甚右衛門を無視して語り続けた。

「朝廷でさえ秀吉に遠慮した。豊臣などという新姓を作ってまでな。そんな時代に身寄りのない謀反人の娘がどうやれば生きていける」

問うように頼宣が西田屋甚右衛門を見た。

「…………」

西田屋甚右衛門は答えられなかった。

「遊女になればいい」

「うっ」

頼宣の一言で、西田屋甚右衛門がうめいた。

「今も昔も苦界は世間の手が入らぬ。身体を売りに来た女の身元など誰も気にはせぬ。かといっていかに常世とは違うといえども、京の遊廓というわけにはいかぬ。福の顔を知っている者が山ほどおるでな。京でなくばどこがいいか、あのころ秀吉に対抗していたなかで、とくに有望だったのは北条。小田原には有名な遊廓があった。そこへ福は身を落とした。その遊廓の主はもと北条家の家臣だったらしいの」

「なんのことやら、まったく」

西田屋甚右衛門の声は震えていた。

吉原の創始者庄司甚右衛門は、当時庄司勘右衛門《かんえもん》と名のり小田原で遊女屋を開いていた。

「儂もなんのことかは知らぬ。聞かされた話をしておるだけよ」

同じように頼宣も首を振って見せた。

「やがて北条攻めが始まり、家康公も参陣した。秀吉は派手好きじゃ。小田原城を取り囲むだけでは気がすまず、あちこちから遊女を連れてきては兵たちの慰めとした。

こうやって籠城《ろうじょう》している北条の兵の気をそいだのだ。当然、秀吉も女を買った。天下どのが遊女と寝たのだ。大名たちもしたがわざるをえまい。家康公も遊女を侍らせた。その遊女が福だったとしても、ありえぬことではないの」

頼宣が置いた茶碗を手にもちもてあそび始めた。

「……………」

乾いた口を潤そうと西田屋甚右衛門が、喉を動かした。しかし、からからであった。震える手で西田屋甚右衛門は、己のための茶を点てた。作法もなにも関係なく、苦い茶を流しこむように飲んだ。

「家康公にとって斉藤内蔵助は、ありがたい存在であった。いや、息子の仇を討ってくれた功労者。あのまま信長の天下がなっていれば、徳川はまちがいなく潰されていたであろうからな。長年仕え、一族の命を削ってくれた譜代の家臣を、何十年前に謀反したではないかと追放するような人物であった、信長は」

言うとおりであった。

信長は、家老であった林秀貞《はやしひでさだ》を天正八年（一五八〇）、なんと二十四年前の弘治二年（一五五六）弟信行《のぶゆき》を擁立した罪で追放した。他にも信長がうつけと嘲笑《ちょうしょう》されていたころから、忠義を尽くしてくれた佐久間信盛《さくまのぶもり》を、石山本願寺での功績がないという難癖でしかない理由で放逐している。その伝でいけば、信長乾坤一擲《けんこんいってき》の戦いとなった桶狭間《おけはざま》で、今川《いまがわ》方の武将として織田の砦《とりで》をいくつも落とした家康など、いつ殺されても不思議ではなかった。

また信長は、家康の長男信康を、武田勝頼《たけだかつより》と内通した罪で切腹させている。内通の確たる証拠もなく、ただ信康の嫁となっていた信長の娘五徳《ごとく》の言葉だけで、直《じか》に取り調べることもなくであった。

「家康公は、信長を嫌っておられた。それは、今の織田の境遇を見ればわかろう。比叡山《ひえいざん》を焼き、武田を滅ぼした天下の雄、織田信長の子孫たちはどうだ。大名とは名ばかりの一万石ではないか」

大坂の陣の後家康の家臣となった織田信長の弟有楽斎長益《うらくさいながます》は、貰っていた三万石を、己の隠居領、四男長政《ながまさ》、五男尚長《なおなが》へそれぞれ一万石と三分割した。

しかも長益の死後隠居領は子供に与えられず、そのまま公収され、織田家は合わせて二万石に減封された形となっていた。

「徳川、織田の盟友関係が真のものなれば、幕府は織田を格別の家柄として遇し、少なくとも五十万石くらいはくれてやらねばなるまい。しかし、現状は違う。これが、家康公が織田を憎んでおられる証拠だ。となれば、偶然か、あるいは庄司甚右衛門の企みかは知らぬが、家康公の枕頭にはべった福を慈しまれたとしても当然よな」

「な、なにを」

そうくりかえすしか、西田屋甚右衛門にはできなかった。

「小田原攻めはおわり、天下は統一されたが、秀吉は戦《いくさ》に狂っていた。なにを思ったかは知らぬが、明《みん》へ攻め入るという愚挙をなした。やがて、秀吉が死んだ。家康公も移された江戸に腰を落ちつけた。ときは経《た》ち、ついに家康どのが立つ日が来た。そう、関ヶ原よ。軍勢を率いて江戸を出られた家康公の前へ、ふたたび庄司甚右衛門が現れた。江戸に遊廓を作りたいと申してな」

暗い笑いを頼宣が浮かべた。

「もちろん願いには、贈りものがつく。ものとはかぎらぬ。人のこともある。降伏の印に娘を差しだすのは、戦国ではあたりまえのことだ」

「は、はあ」

西田屋甚右衛門の息があがっていた。

「天下分け目はあっさりと一日で終わり、家康公は征夷大将軍となられ、江戸の幕府を開かれた。関ヶ原が慶長五年（一六〇〇）、征夷大将軍として幕府を開かれたのは慶長八年（一六〇三）のこと」

一度言葉をきった頼宣が、じっと西田屋甚右衛門を見た。

「家光の生まれ年をしっておるかの」

世間話の口調で、頼宣が問うた。

「あ、あいにく、ぞ、存じあげませぬ」

あわてて西田屋甚右衛門が首を振った。

「そうか。教えてやろう、慶長九年（一六〇四）ぞ」

頼宣が告げた。

「さ、さようでございますか」

なにげなく応対しようとした西田屋甚右衛門だが、成功したとは言えなかった。

そんな西田屋甚右衛門の態度を無視して、頼宣が話を変えた。

「ところで……」

「江戸城大手門から、元吉原はどのくらい離れておったかの」

「元吉原でございますか。およそ五町（約五五〇メートル）ほど南でございましたが」

明暦の火事で全焼し、今の浅草田圃《たんぼ》へ移転した吉原だが、西田屋甚右衛門は元吉原のころから惣名主《そうなぬし》を務めていた。

「近いの」

「はあ。元吉原は、海辺の葦原《よしはら》であったものを、初代庄司甚右衛門が開拓したと聞いておりまする」

「ほお。わざわざ埋め立てたのか。ご苦労なことだ。願えば、もう少し江戸城から離れようとも、ちゃんとした土地を貰えたであろうに」

感心した口調で頼宣が疑問を呈した。

「それは、わたくしではちとわかりかねまする」

西田屋甚右衛門が逃げた。

「江戸城大手から五町……至近であるな。お天守閣からだけでなく、城のどこからでもよく見えたであろう」

「それは……」

頼宣の言葉に西田屋甚右衛門が絶句した。

「どこに逃げても追われ、捕まれば殺される己を匿《かくま》ってくれた場所。不安な娘にとって安住の地だった場所。身体は切り売っても心が安息できた場所。立場は変わり、今度は、己の息子の命が危ない。いつ毒を盛られるか、いつ刺客が送られるか、夜も眠れぬ日々であったろう。そのとき、救いとなった場所がいつでも見られる。どれだけ力づけられたことであろうなあ」

「………」

「一方で、己の母が遊女であったことを思いださせる場所。家光にとって、天下人に約束されたとはいえ、いつそれが明らかになり、ふたたび忠長を将軍にと言う声があがらぬかとの不安。どうにかして目の届かぬところへやりたかったであろうよ」

頼宣は家光が家康と春日局の子であると言っていた。

「な、なんのことで……」

西田屋甚右衛門が大汗を掻《か》いた。

「春日局が死んでからだそうだな。幕府が吉原の移転を命じだしたのは」

「ぐ、偶然でございましょう」

「さて、邪魔をした」

頼宣が不意に立ちあがった。

「紀州さま」

あまりのことに西田屋甚右衛門がとまどった。頼宣はまだ肝腎の用件を口にしていない。

「つぎは、そちらから訪ねてきてくれ。若かりし余が、元吉原にかよいつめたころの思い出など語ろうではないか」

　部屋を出かけた頼宣が、足を止めた。

「言い忘れるところであった。織江が、家綱さまのお目に留まったそうじゃ。もうめくらましとして遣えぬな」

　言い残して、足音も高く、頼宣は去っていった。

「味方になるか敵にまわるか、肚を決めておけということか」

　見送ることも忘れて、西田屋甚右衛門は呆然《ぼうぜん》とつぶやいた。

第四章　妄執の謀

一

日光参拝の行列は、体裁を整えると急いで進発した。

「怪我人《けがにん》は手厚く看護してやれ。死者はこの場で荼毘《だび》に付し、骨を江戸まで送るように」

阿部豊後守が後始末を指示した。

「もうだいじなかろう。小野次郎右衛門は供先、友悟は殿《しんがり》へつけ」

これ以上家綱に近づけるのはまずいと、阿部豊後守は小野親子を引き離した。

「承知」

「はっ」

老中の命《めい》である。小野次郎右衛門忠常も緋之介もしたがった。

「寄れ、寄れ」

供頭が警鐘の声をあげながら、行列の先導をした。

「やくたたずどもが」

馬上に戻った阿部豊後守が、駕籠脇《かごわき》の書院番士《しょいんばんし》たちを小声で罵《ののし》った。

「書院番、小姓《こしょう》番は、戦場で上様の周囲を固めたかつての馬廻《うままわ》り衆。お味方危なしとなれば馬を駆けて援軍となり、本陣まで敵が迫り来たるおりは、身を捨てて上様をお逃がしするのが任。それが盾になるどころか、背を向けるとは言語道断」

家綱に万一があれば、阿部豊後守は終わりである。綱重、綱吉のどちらが将軍となっても、幕閣から放逐され、減封のうえ僻地《へきち》へ移されることは確定していた。幕府で誰が家綱をたいせつに思っているかといえば、阿部豊後守に代わる者はいない。

そのくせ家綱を餌《えさ》に、敵対した連中をあぶり出し、緋之介や小野次郎右衛門忠常などを排除しようとする。その矛盾の根本にあるものは、ただ阿部家大事の思いと、松平伊豆守のような評価を受けることができなかったことへの恨みであった。

だが、今は、己の拠《よ》って立つべき家綱の危難に対応できなかった旗本たちへの呪詛《じゅそ》で、阿部豊後守は満ちていた。

「どいつもこいつも。儂《わし》の思惑を無にしおって」

すでに阿部豊後守はとくにと選んで連れてきた藩士五名が、一人の死兵の攻撃で全滅させられたことを知っていた。

「上様まで……」

なによりも衝撃だったのは、唯々《いい》諾々《だくだく》としたがうだけだった家綱が、初めて阿部豊後守の言葉に反発したことであった。

「なんとか江戸に戻るまでときは稼いだが、このままでは小野次郎右衛門忠常を将軍家剣術指南役に任じねばならぬ。そうなれば、月に何度かは上様にお稽古《けいこ》をつけることになる。儂の意に染まぬ者が上様のお近くに侍《はべ》るなど許せるわけはない」

慣例で将軍家の剣術の稽古に同席できる者は決まっていた。当番の小姓組数名だけであり、そこに老中が参加することはなかった。

「それよりも小野が息子のことだ。上様はことのほか小野友悟をお気に召したご様子。このままでは、書院番士どころか小姓組士として側《そば》におかれかねぬ」

己が家光の小姓として出仕し、気に入られて出世しただけに、阿部豊後守は緋之介を警戒していた。外出のとき以外は将軍に近づかない書院番ならまだしも、ほぼ四六時中仕える小姓組は、阿部豊後守の息がかかった者でなければならなかった。

家綱には気に入った家臣というのがいない。生まれたときからずっと阿部豊後守の手の上で育ったのだ。家綱の意思というのはないにひとしかった。今、家綱の周囲にいる小姓組や小納戸は、阿部豊後守が選んだ者で占められていた。誰もが家綱よりも阿部豊後守の顔色をうかがってくれる。それが崩れかねなかった。

家綱に召しだされた者は、当然阿部豊後守より家綱へ忠節を尽くす。家綱の命をなによりとして動くのだ。となれば家綱もよりその者をかわいがり、やがて君側第一の寵臣《ちょうしん》が生まれていく。緋之介が、かつての松平伊豆守の再来となりかねなかった。

松平伊豆守は、家光と秀忠が対立したとき、いつも家光の側にたって、秀忠を牽制《けんせい》した。おなじことが始まるかもしれなかった。秀忠の代わりは阿部豊後守であり、松平伊豆守にあたるのが、緋之介となる。

「させるものか。永遠に将軍補佐の役目は、阿部家のものだ」

阿部豊後守が暗い声でつぶやいた。

将軍お成り行列が通るということで、街道が壬生と今市の間で通行止めとなっていたのが不幸中の幸いであった。行列の襲撃を庶民の目に晒《さら》さずにすんだ阿部豊後守は、壬生藩主三浦志摩守と協議、ことを暴れ馬による事故とした。

「無茶ではございませぬか。かならずどこからか漏れまする」

惨劇を目《ま》のあたりにした三浦志摩守が二の足を踏んだ。

「かまわぬ。表向きの理由さえ整っていれば、あとはどうにでもなる。噂《うわさ》などいくらでも潰《つぶ》せる」

「それほどまでに仰せられるなら」

炯々《けいけい》と光るまなざしに抑えつけられて、三浦志摩守は了承した。

「ご家中を確実に抑えられよ」

三浦志摩守を始め、行列に供奉《ぐぶ》していた大名たち全員を、阿部豊後守が、脅した。

「ことが拡がるようならば、ご一同にも覚悟していただかねばならぬ。もちろん、余が筆頭として罰を受けることになるとはいえ、上様ご危難のおり、駆けつけても来られなんだ方々は、領地をいただくに値せぬでな」

「…………」

誰も否やの声を出すことなく、したがうしかなかった。

阿部豊後守たちが話しあっている間、緋之介は壬生城下の研《と》ぎ師を訪れていた。

「至急で悪いが、明日の朝には発《た》たねばならぬ。太刀《たち》の研ぎを頼めぬか」

緋之介が見せたのは阿部豊後守から借りた刀である。借りた太刀は研ぎをして返すのが礼儀であった。

「拝見……」

初老の研ぎ師が手を出した。

「けっこうな拵《こしら》えでございますな」

受けとった研ぎ師が感心した。金漆を多用した飾り付けを施された太刀は、一日で大名道具と知れた。

「では、中身を」

研ぎ師が太刀を抜いた。

「ふうむ。血脂でございますな」

刀身を眺めた研ぎ師が見抜いた。

「一日では、脂を取るのが精一杯でございますが……」

灯《あか》りに刀身をすかした研ぎ師が、嘆息した。

「お侍さま、いい腕をなされている。この刀も凄《すご》いが、脂の広がりからまちがいなく骨まで斬《き》っているはず。なのに、刃かけがございません。これならば、一夜であがりましょう」

「助かる。代金はこれで足りるか」

緋之介は一両出した。

「二分ちょうだいいたしましょう」

受けとった研ぎ師が釣りを出そうとした。

「いや、無理を言うのだ。取っておいてくれ。かわりにと申してはなんだが……」

緋之介は折れた差し料を研ぎ師の前に置いた。

「どうにかならぬか」

「折れてございますな」

鞘《さや》ごと手にした途端、研ぎ師は気づいた。

「拝見……」

抜いた刀身の短さを見て、研ぎ師が眉《まゆ》をひそめた。

「先は……鞘のなかで。どれ」

鞘をさかさにして、研ぎ師が切っ先側の破片を取りだした。

「みごとに真っ二つでございますなあ」

じっと研ぎ師が刀身を見つめた。

「もとは厚身。それを磨《す》りあげて細身に……」

「うむ」

研ぎ師が見抜いた。

「かなり無理をなさりましたな」

「なんとか残っているものを磨って、脇差《わきざし》にでもできぬか」

緋之介にとってこの太刀は思い入れのあるものであった。心が潰れていた緋之介を受けいれてくれた刀鍛冶旭川《かじきょくせん》の形見に近い。

「残念ながら、これを磨りあげて切っ先を作ることは難しゅうございまする。すでに鍛えあげたときの反りからかなりずれておりますゆえ、これ以上やると刀としての釣り合いが保てませぬ」

「できぬか」

大きく緋之介は肩を落とした。

「脇差は無理でござんすが、切っ先の刃欠けがございませんので」

研ぎ師が、根本ではなく先端の破片を指さした。

「この根本を鏨《たがね》で中子の形に切り調《ととの》えれば、護《まも》り刀にはできましょう」

「護り刀でもよい。かたじけない」

緋之介は喜色をあらわにした。

「しかし、そうなりますとさすがに明朝までというわけには参りませぬが……」

「いや、江戸に戻ってからやろう」

ていねいに緋之介は折れた太刀を鞘に戻した。

「もう一つ、売りものの刀で、厚みのあるのはないか。数合撃ちあったていどでは折れぬくらいのものが欲しい」

緋之介は店のなかを見まわした。

阿部豊後守から借りている太刀を返せば、緋之介は脇差だけになってしまう。

「これなどいかがで」

研ぎ師が背後の刀掛けから太刀を取った。

「無銘ではございまするが、なかなか鉄の具合がよいと見ておりまする」

「拝見していいか」

「どうぞ」

刀は人殺しの道具である。了承を得ないかぎり、たとえ売りものであろうとも、手にすることはもちろん、鞘走らせるなど論外であった。

緋之介は太刀を抜いた。反りも長さもごく普通だったが、抜きしなの鈍さが気になった。

「拵えがお気に召しませぬか」

研ぎ師がすぐに告げた。

「さきほど拝見した拵えがよすぎました。これでもできのよいほうなのでございますが、とてもとても」

「少しいいか」

断って緋之介は太刀を腰に差し、土間へ降りて何度か居合いの型を取った。

「最後に切っ先が少し鞘内で残るような……」

「もう三度ほどお振りください」

言われたとおりに緋之介は太刀を鞘走らせた。

「鞘をいただけまするか」

緋之介は研ぎ師の手に鞘を渡した。蠟燭《ろうそく》の灯りを近づけて研ぎ師が鯉口《こいぐち》を覗《のぞ》きこんだ。

「…………」

無言で細い鑿《のみ》のような道具を差しこみ、研ぎ師が数度上下させた。

「一度お試しをお願いいたしまする」

戻された鞘を腰にして、緋之介は太刀を抜いた。

「いかがで」

「うむ。ほとんど気にならなくなった」

緋之介は感心した。

「間に合わせ仕事でございますので、江戸へお戻りになられたら、鞘師にお預けくださり、なかを磨いてやっていただかねば、なりませぬが」

「いくらだ」

「八両二分いただきとうございまする」

「うむ」

持ち金のほとんどすべてであったが、緋之介は支払った。

「では、明日の朝受けとりに参る」

新しい太刀を手に店を出た緋之介は、その足で城下はずれにあった寺へと向かった。

住職に断りを入れて、本堂前の庭を借りると、素振りを開始した。

刀身の長さ、重さ、重心の位置、柄《つか》の握り、柄糸の染み具合と、新しい太刀はなにもかもが違った。

当然、振ったときの伸び、手応えがまったく変わってくる。それを頭ではなく身体《からだ》に覚えさせておかなければ、生き死ににかかわってくるのだ。

緋之介は夕餉《ゆうげ》も摂《と》らずに、太刀を振り続けた。

早朝壬生を出た行列は、日暮れ前に古河へと入った。

古河は土《ど》井《い》大炊頭《おおいのかみ》利重《とししげ》十万石の城下町である。大炊頭利重は、秀忠が家光へ将軍譲位するおりに「天下とともに大炊頭を譲る」とまで言わしめた能吏土井利勝《としかつ》の孫であった。

正保四年（一六四七）生まれの利重はまだ十七歳になったばかりで、幕府の役職に就いてはいないが、いずれ若年寄、老中と中枢を担うことを約束された名門譜代大名であった。

「どうぞごゆるりと」

大先達である阿部豊後守に土井大炊頭は、格別の配慮をもってもてなした。

「世話になりますぞ」

こうして一応の口止めをされた行列は、江戸まであと二日のところに達した。

「左馬頭どの、右馬頭どの」

古河について、一息ついた阿部豊後守は、家綱の弟二人を自室に招いた。老中には、将軍の兄弟でも呼びつける権威があった。

「何用か」

呼びだされたことが不満らしく、綱重の態度は大きかった。

「この度の一件についてでございまする」

将軍の弟である。御三家さえ呼び捨てにできる老中とはいえ、阿部豊後守もていちょうな言葉遣いで迎えた。

「聞けば暴れ馬のせいとするそうではないか。それでは、死んだ我が家臣どもが浮かばれぬ。なぜ、徹底して調べあげぬのだ。襲い来た者など、小者であろう。その背後におる者を捜しだし、後顧の憂いを断つべきである」

綱重が憤慨した。

「お鎮まりあれ、兄君」

興奮する綱重を綱吉がなだめた。

「そうせざるを得ぬのでござろう」

綱吉は落ちついていた。

「なにをいうか。将軍の行列を襲い、さらに我が家臣を殺《あや》めたのだ。このまま伏せたのでは、しめしがつかぬではないか。見せしめのためにも、慮外者《りょがいもの》を捕まえ、磔《はりつけ》獄門に処してこそ、後顧の憂いを断てよう」

正論を綱重が振るった。

「上様に逆らった者どもの末路を天下津々浦々まで知らしめることこそ、幕閣どもの仕事ではないのか。ただちに大目付《おおめつけ》、目付どもを動員いたせ」

「それでよろしいのでございますな」

黙って聞いていた阿部豊後守が、重い声を出した。

「どういうことじゃ」

綱重が、阿部豊後守の迫力に退いた。

「万一、たぐり寄せた糸が、お二方のほうへ繫《つな》がっていたとなりますれば、いかにお身内といえども無事ではすみませぬぞ」

「たわけたことを申すな。余が、かかわっておると言うか。無礼にもほどがあるぞ、豊後守。いかに上様の信頼厚い老中と申せ、このままには捨て置けぬ」

真っ赤になって綱重が糾弾した。

「そうじゃ、豊後守。口にしてよいことと悪いことがある」

綱吉も阿部豊後守を叱《しか》った。

「なにより、我が家の家臣が五名も斬られておるのだぞ。余の家中ならば同士討ちということになるではないか。そのような馬鹿なことはあるまいが。疑うならば、無傷の右馬頭ではないか。館林こそ怪しむべきであろう」

綱重が綱吉に話を移した。

「それこそ聞き捨てなりませぬ。兄上といえども、我が家中の者を疑うなど許せませぬ。どこに手証がございまする。お見せいただかねば今の言葉、讒言《ざんげん》としてお詫《わ》びいただきますぞ」

疑いをかけられた綱吉が怒った。

「一人無傷であったことがなによりの証拠であろう。我らは行列を離れたところへ避難したにもかかわらず、曲者《くせもの》の追撃を受け、多くの者が死んだ。それに比して、右馬頭はどうじゃ。林に逃げただけならまだしも、上様へ援軍までだしておる。その余裕はどこから来たというのだ。襲われぬとわかっていたからこそ、できたのではないか」

きびしい勢いで綱重が告げた。

「そのようなことはいたさぬ」

「いいや、それこそやっていないとの手証はだせまい」

「兄上こそ、いかがなのでござる。上様に万一あれば、次兄たる兄上が将軍となられるのが筋。それに比べてわたくしは、上様の次を継げる身分ではございませぬ。得をするとなれば兄上しかおられぬ」

兄弟が互いを罵り合った。阿部豊後守が下卑た笑いを浮かべたことにも気づかず、二人は言い争った。

「お鎮まりを」

しばらくなすがままにしていた阿部豊後守が、二人を制した。

「みっともないまねはお止《や》めなされ。ともに上様にとってかけがえのないご兄弟でございますぞ。力あわせて上様をお支えするのがお二方の任。それがいがみ合われてどうするのでございまする。先代家光さまが、お二人を格別な家柄として残されたは、なんのためか、お考えになられませ」

「うっ」

「……すまぬことをいたした」

綱重がうめき、綱吉が詫びた。

しかし、それでわだかまりは消えなかった。赤の他人ならば表面の謝罪で取りつくろうこともできたが、なまじ同じ血が流れているだけに、亀裂の根は深かった。

「今は、敵を見つけだすより、江戸へ無事に戻ることこそ肝要。よろしゅうございますな。上様の行列に供奉していた旗本の馬が数頭暴れ、巻きこまれた者が亡くなったり、怪我をした。このことおまちがえのないように」

阿部豊後守は二人に念を押した。言外に江戸でもう一度二人を調べ直すと告げた。

「わかった」

「たがわぬようにいたす」

互いに顔をあわすこともなく、綱重と綱吉が出ていった。

「やはり二人とも報《しら》されていないか」

わざと阿部豊後守が二人に疑いをかけたのは、反応が見たかったからであった。おそらく、前回の安宅丸の一件同様、この度《たび》の襲撃も甲府が仕業《しわざ》と、阿部豊後守は見抜いていた。

もっともどちらが手出しをしてくれても、阿部豊後守の結論は変わらなかった。

ようは家綱の家臣となって生きのびる選択をとるか、それともいかなる手を使ってもとって代わろうとするか、それさえわかればよかった。

「家老あたりが、己の出世を望んでの手出しということか。ならば、担ぐ相手をなくしてやればすむこと。二人とも知ったうえでのことであれば、前もって報せなかったと咎《とが》めだてしてやれて、こちらとしてはありがたかったが、そう贅沢《ぜいたく》も言えぬ」

阿部豊後守が独りごちた。

「どちらにせよ、綱重、綱吉の底が見えた。どちらも、天下を治める器ではない。兄弟力を合わせられては面倒であったが、うまくのせられてくれた。甲府と館林、両家がいがみ合ってくれれば、上様へ手出しをする余裕もなかろう」

二人の器量を阿部豊後守は、見かぎった。

「互いの足を引っ張り合ってくれている間に、上様のお世継ぎさまができてくれればよし」

阿部豊後守の目つきが鋭くなった。

「さもなくば近々に、排除せねばなるまい。まずは、綱重からだ。長幼は守らねばの」

冷たく阿部豊後守が言いきった。

「さて、残るは小野か。旅の間に、なんとか始末をつけねばならぬ」

江戸に戻れば他人目《ひとめ》も多い。小さく阿部豊後守がつぶやいた。

二

行列は古河を早朝に発った。さすがに二日も経てば、旗本たちも落ち着きを取りもどし始めていた。

「口にすることを許さず」

組頭から伝えられた阿部豊後守の警告は、家綱の護りに駆けつけなかった旗本たちへ共通の考えをもたらしていた。

「表沙汰《おもてざた》にならなければ、なにごともなかったですむ」

すでに安宅丸の一件という前例もあった。あのときも誰一人咎め立てられる者はなかった。江戸に戻ればきびしい罰が待っていると震えた旗本たちは、一気に楽観へと変わっていた。

「いやいや、旅は無事がなにより」

「さよう、さよう」

あと少しで江戸である。旗本たちは、惨憺《さんたん》たる風景を忘れたかのように、明るくふるまっていた。

「…………」

小野次郎右衛門忠常は会話を聞きながらあきれはてていた。また、阿部豊後守がそれほど甘くはないことも知っていた。

江戸に戻ってすぐに行動をおこすことはないだろうが、いずれ目立たぬよう、処分はくだされる。ささいなことを咎めて、お役御免、左遷、減禄、改易《かいえき》と粛清されるこていた。

不始末の責任さえとろうとしない旗本たちを見て、小野次郎右衛門忠常は愕然《がくぜん》とし
「武士はおわったな」

とはまちがいなかった。

「上様がおかわいそうである」

身近に仕える旗本でさえこれなのだ。直接家綱の目に留まることのない者たちの体《てい》
たらくは、どれほどひどいかと小野次郎右衛門忠常は嘆息した。

家綱の駕籠を挟んで反対側にいる緋之介も同じ思いであった。

「手柄がふいになったではないか」

小野次郎右衛門忠常の近くにいる者とはぎゃくであったが、内容は変わらなかった。

「なにもできなかった者と違うのだぞ。儂は賊を斬ったのだ」

たんに刀を抜いて死兵たちへ向けたというだけで、褒賞をもらえると思いこんでいた者にとって、阿部豊後守の隠蔽《いんぺい》は不満であった。

「上様のお命をお救い申したのだ。千石、いや万石いただいてもおかしくはあるまい」

戦国の世が終わり、武士が活躍するのは剣ではなく筆となった。もともと幕府は武

士の集合だけに、いまだ武が文よりも上に見られているが、実際は逆転している。刀も持てぬ軟弱者と揶揄《やゆ》された勘定筋の旗本が、算盤《そろばん》片手に出世していくのを武方は指をくわえて見ているしかないのだ。

また、役目の余得の違いもひがみの原因となっていた。大名たちから出された書付を扱う右筆《ゆうひつ》や、普請《ふしん》の代金をあつかう勘定方のもとには、かかわりのある連中から毎日のように音物《いんもつ》が届けられ、本禄の倍以上の収入を得ている。

先祖伝来の禄と役にありついたお陰で給される役料だけで生活しなければならない武方にとって、禄を増やす機会はめったにない。その絶好の機会が、阿部豊後守の一声で奪われたのである。

「やれやれ、これでは、お仕えするかいもないの」

一人の旗本がぼやいた。

緋之介は耳を塞《ふさ》ぎたくなった。

松平伊豆守も、阿部豊後守もともに緋之介を殺そうと画策したが、その根本には将軍への忠義があった。

上様を護るためならばなにをしてもいい。その考えに緋之介は賛同できないが、まだ理解できた。今、家綱の供をしている旗本たちには、松平伊豆守や阿部豊後守の想いもなく、ただ己の利だけしかなかった。

「旗本は上様を護ることが代々の血として受けつがれている。いざとなれば、皆必死になろう」

往路で父が言ったことを、緋之介は思いだし、嘆息するしかなかった。泰平が武士を無用のものとした。緋之介は戦国でなければ、生きていけない武士といういびつな存在に戦慄《せんりつ》した。

行列は、四里（約一六キロメートル）少しほど進んで、古河《こが》と岩槻《いわつき》のなかほど、幸手《さって》の宿場で中食となった。

「上様のお食事を」

将軍の行列には台所役人も加わっていた。それどころか、鍋釜《なべかま》、食材まで用意している。これも毒を盛られる恐れをなくすためであったが、かえってときを喰《く》い、行列の足を遅くする原因となっていた。

緋之介は行列が止まるのを待って、父小野次郎右衛門忠常のもとへと向かった。供奉する旗本たちの多くは、古河の宿を出るときに握り飯を用意させている。緋之介もそうしていた。

問うた。

親子とはいえ、江戸に戻るまでは役目の最中である。緋之介は、同席していいかと

「ご相伴を」

「うむ」

小野次郎右衛門忠常が首肯《しゅこう》した。

八百石で書院番といえば、江戸ではちょっとしたものである。しかし、将軍家お成り行列のなかでは、下から数えたほうが早い。将軍の滞在している本陣はもちろん、宿屋も茶屋も大名や高禄の旗本たちに占領され、席はなかった。

小野次郎右衛門忠常は、本陣の塀に背を預けて坐っていた。

「ごめん」

緋之介も並んで腰をおろした。

「父上……」

握り飯の弁当を開きながら、緋之介はさきほど道中で聞いた話をした。

「儂が思う以上に武士は腐っておる」

小野次郎右衛門忠常も苦い顔をした。

「武士は無用の長物となったのだ。戦いが終われば刀が鞘に納められるよう、武士も

泰平では居所がないのかも知れぬ」

「先だって抑止力だと仰せられましたが」

握り飯を置いて、緋之介は尋ねた。

「抑止力にもなるまい。あの体たらくではな」

小さく首を動かして小野次郎右衛門忠常が、周囲を見まわした。

つられて緋之介もあたりに目をやった。

「えっ」

同じように腰をおろして中食を摂っている旗本たちが、じっと二人へ目を向けていた。

「これは……」

「嫉妬よ」

小野次郎右衛門忠常が小さな声で告げた。

「一昨日、上様が儂とそなたにお声をかけてくださった。その内容が漏れたのだろう。言葉に出すでもなく、ずっとこうやって見ておる」

「嫉妬でございまするか」

「ああ。儂はまだいい。筋目の役を復活してくださるようにお願いいたしただけだからの。しかし、そなたは違う。将軍家お声掛かりで出仕するのだ。のちの出世は確約されたも同然。小姓組から小納戸、そして側役を経てお側御用人。末は大名と皆、そなたの幸運をうらやんでおる」

「幸運だなどと……」

緋之介は願ったことではないと、首を振った。

「御駕籠側にいて逃げだした者たちは、別じゃ。今はまだ恥がうわまわっておるからの。なにより、暴れ馬などというとってつけたような話で後始末を終えてくれれば、咎めだてられることもないのだ。今、ささいなことで波風をたてたくはなかろう。もし、そなたにちょっかいでも出して、上様にあの折逃げた者どもは、どういたしましょうとでも進言されれば、それこそやぶ蛇。しかし、御駕籠脇ではなかった者にとっては、違うのだ」

「どのように違うのでございましょう」

緋之介にはわからなかった。

たとえ駕籠脇であろうが、供先であろうが、家綱の危難にたちむかわなかったのは同じである。

「御駕籠から遠かった者にしてみれば、己の場所が悪かったということなのだ。もっと近ければ、御駕籠脇に配置されていれば、あやつではなく、拙者《せっしゃ》が上様のお誉めを……。そう考えて、妬《ねた》んでおるのよ」

「なんという……」

「人とはそういうものだ。己がことをなせなかった理由を他に求める。不運だっただけ、一つことが変わっていれば、拙者もとなぐさめる。こうして罪の意識などを薄めていく」

握り飯を喰いながら、小野次郎右衛門忠常が語った。

「今までのそなたは、この手の輩《やから》とつきあわずともすんだ。だが、これからそうはいかぬ。いかに上様のお声掛かりとはいえ、同僚や上司を敵に回しては一日たりとて、お役目を果たすことはできぬ」

竹筒の水を少し飲んで、小野次郎右衛門忠常が述べた。

「かつて剣豪塚原卜伝《つかはらぼくでん》は、軒下に繋がれた馬の側を通るときは、大きく迂回《うかい》した。これを見た者は、塚原卜伝ともあろうお方が、馬ごときを怖《おそ》れられるのかと嘲《あざわら》った。そのとき卜伝どのは、こう言われたそうだ。君子危うきに近寄らずと。しかし、これは江戸城内ではつうじぬ。上様の周囲には大勢の者がいつもついている。気に入らぬからと避けていては、なにもできぬ」

「はい」

父の忠告を緋之介はすなおに聞いた。

「どのような者ともうまくつきあっていかねばならぬ。でなくば、どのような讒言をくらい、お役を失うやも知れぬ。しだいによっては家禄さえもなくすことになる。役目を続けていくというのは、忍ぶことぞ」

「心しておきまする」

緋之介は頭をさげた。

「あのような輩とも、談笑せねばならぬこともある」

小野次郎右衛門忠常が、本陣に近い茶屋へ目をやった。

そこでは、小野次郎右衛門忠常よりも家格の高い旗本が、茶屋の娘へちょっかいを出していた。

「あまりな……」

立ちあがって旗本を咎めに行こうとした緋之介を、小野次郎右衛門忠常が止めた。

「落ちつけ」

「しかし」

「あれ以上のことはできぬ。お成り行列の途上で、地元の娘に不埒《ふらち》をしかけたとなれば、お咎めは必至。見ろ、手を引いた」

小野次郎右衛門忠常が顎《あご》でしめした。たしかに旗本は娘の手を離し、中食に取りかかった。

「よく見きわめよ。周囲も状況もな。忠也どのの教えもそうであったはずじゃ。すべてのものを一瞬で把握し、もっとも適《かな》った行動を選ぶ。むやみやたらと突っこむのは猪武者ぞ」

緋之介の顔を、じっと小野次郎右衛門忠常が見つめた。

「生きにくい世になったな」

握り飯を喰い終わった小野次郎右衛門忠常がつぶやいた。

「小野次郎右衛門忠常どのでござるな」

食事を終えて喉《のど》を潤していた小野次郎右衛門忠常と緋之介のもとへ初老の侍が声をかけた。

「いかにも。ご貴殿は」

「申し遅れました。拙者阿部豊後守が家臣、井谷左馬助《いたにさまのすけ》にございまする。主《あるじ》からお呼びいたせと言いつかりまして、やって参りました次第」

井谷左馬助が用件を告げた。

「ご老中が……」

小野次郎右衛門忠常が首をかしげた。一昨日のような危急の事態なればこそ、一介の書院番と老中が会話を交わせたのだ。平時ならば同席さえかなわない相手からの呼びだしは奇異であった。

「こちらは……」

井谷左馬助が、小野次郎右衛門忠常の疑問を無視して緋之介を見た。

「愚息にござる」

「それはちょうどよかった。ご子息もご一緒にとのことでございまする」

「わたくしもか」

緋之介は驚いた。緋之介の身分はいまだ部屋住みでしかない。とても老中と本陣で対座することはできなかった。

「そのように命じられておりますれば。ご同道を」

用件だけを井谷左馬助が述べた。

「お招きとあらばいかざるを得まい」

小野次郎右衛門忠常が緋之介をうながした。

「どうぞ、こちらへ」

井谷左馬助が、先に立った。

本陣宿には、いくつもの部屋があった。

従三位以上でなければ使用することのできない御簾《みす》つきの間が最上であり、そこで家綱が休息し、阿部豊後守はそこから控えの間を挟んだ別の部屋にいた。

「お連れ申しましてございまする」

廊下で井谷左馬助が平伏した。

「うむ」

なかから返答があった。

「どうぞ」

勧められて緋之介と小野次郎右衛門忠常は、なかへと入った。

阿部豊後守の部屋は、普段大名が参勤交代で泊まるところであった。控えの間と専用の風呂、厠《かわや》をもち、三方にある襖《ふすま》を閉めれば周囲と区切ることもできた。

「お呼びによって参りましてございまする」

部屋のなかに入ったとはいえ、小野次郎右衛門忠常と緋之介は敷居際で膝《ひざ》をそろえて一礼した。

「疲れているところをすまぬ。そこでは話が遠い、もっとこちらへな」

上座から阿部豊後守が招いた。

「では、ご無礼を」

太刀を敷居際に残して、小野次郎右衛門忠常が進んだ。緋之介も同様に父の半歩あとに続いた。

およそ一間《けん》(約一・八メートル)ほど阿部豊後守から下座で、小野次郎右衛門忠常が腰をおろした。

「小野次郎右衛門よ。頼みがある」

「御老中さまが、わたくしめに」

阿部豊後守の言葉に、小野次郎右衛門忠常が首をかしげた。

「うむ。筋違いは承知のうえだが、上様のお為《ため》である」

家綱の名前を出して、阿部豊後守が小野次郎右衛門忠常の反論を封じた。

「じつは、このお成り行列には、伊賀組の蔭供《かげども》がついていた」

「…………」

小野次郎右衛門忠常と緋之介は、無言で聞いた。

「その蔭供が、全滅した」

「先日の死兵でございまするか」

「おそらくな。誰も見ていたわけではないゆえ、確定はできぬが。一里（約四キロメートル）ほど手前で、ほとんどの忍《しのび》が屠《ほふ》られていた」

苦々しい顔で阿部豊後守が言った。

「…………」

用意周到な敵と緋之介はあらためて感心していた。と同時に、背後にいる存在の大きさに恐怖した。

「すんだことはしかたない。いまさら申したところで、伊賀組が蘇《よみがえ》るわけではないしの。あらためて江戸へ向けて迎えの忍を出すようにと手配はしたが、急の用にまにあわぬ」

壬生から早馬を走らせたところで、江戸へ着くのは早くて明日の朝、そこから忍が駆けてきたところで、岩槻で合流できれば上出来であった。

「で、わたくしどもになにを」

小野次郎右衛門忠常が、用件をと尋ねた。

「先見《さきみ》をやってくれぬか」

斥候として行列の先へ出るようにと阿部豊後守が頼んだ。

「あれですべてがすんだとは思えぬ。ここから江戸にはいるまで、なにがあってもおかしくはない」

阿部豊後守が断言した。

「おぬしたちなら、伊賀組の二の舞はいたすまい。前もって報せがあれば、いかに情けない連中が供だとはいえ、弓もあれば鉄砲もある。供たちに被害が出ようとも、上様のお命、お身体にはかえられぬ」

味方といえども邪魔すれば容赦しないと阿部豊後守が断言した。

「お覚悟でございますな」

小野次郎右衛門忠常が返した。

戦場でもわかっていて味方を撃てば、罪であった。将軍家お成り行列でも同じである。緊急との言いわけは、その場でつうじても、やられた者の恨みはかならず仇《あだ》をなした。いかに阿部豊後守でも、後日処罰をうけることになる。

「上様のおためならば、この老体惜しみはせぬ。八万石も上様あってのこと」

これもまた阿部豊後守の本心であった。

「承知いたしました。豊後守さまのご決意、小野次郎右衛門忠常、たしかに見せていただきましてございまする」

腰を曲げて、小野次郎右衛門忠常が引き受けた。

「同じく、小野友悟、承りましてございまする」

緋之介もしたがった。

「受けてくれるか。頼もしいかぎりである」

うれしそうに阿部豊後守が述べた。

「では、早速にも」

小野次郎右衛門忠常が立ちあがった。

「いや、今少し待て。あまりに早すぎても困る。上様のご中食はまだできあがっておらぬ」

料理人から材料まですべて持ちこむ弊害がこれであった。行列が着いてから調理を始めるため、どうしても準備にときがかかった。

「あと半刻《はんとき》（約一時間）ほどのちにしてくれるよう。準備もあろうし、休息もせねばなるまい。本陣に部屋を用意させたゆえな。左馬助」

阿部豊後守がさきほどの家臣を呼んだ。

「案内を」

「はっ。こちらへ」

連れられたのは、阿部豊後守の部屋から二つ離れた供の間であった。

「父上……」

井谷左馬助が去った後、緋之介が話しかけた。

「うむ」

小さく、小野次郎右衛門忠常が首肯した。

「我らを行列から離して……」

「始末されるおつもりなのであろうよ」

小野次郎右衛門忠常が言った。

「最初からの手配どおりなのだろうな」

「伊賀組が倒されたのは予定外では……」

緋之介が問うた。

「伊賀組のことなどつけたしよ。いや、かえってつごうがよかったのかも知れぬ。どちらにせよ、我ら親子を先見として出すつもりであったろうからな。伊賀組が無事でも、因果を含めておけばよけいな手出しはすまい。いや、生きていれば、伊賀組も刺《し》客《かく》として使われたであろう」

あきれたような笑いを小野次郎右衛門忠常が浮かべた。

「それほどまでにわたくしどもが邪魔でございましょうか」

「であろうなあ。儂はまだしも、そなたの背後には神君お墨付きをもって江戸に別国を作っている吉原、御三家唯一の定府《じょうふ》で旗本頭《がしら》の水戸家当主光圀さまがある。家綱さまの御世を磐石のものとしたい阿部豊後守どのにとっては、まさに目の上のこぶ」

「阿部豊後守どのは、なにを思ってそこまで」

「上様のお為を考えておられるのはまちがいあるまい。しかし、それは公《おおやけ》のこと。私の目的は違うであろう。それこそ阿部家を代々将軍家世継ぎ傅育《ふいく》役となし、継承の後老中となりたいのやも」

「跡を継ぐ者によい思いをさせたいと」

「そこがちとみょうなのだがな。儂にはおまえを入れて三人の息子がおる。無事に小野の家を譲ってやりたいと願っておる。これが親というものだ。なればこそ、ならぬ堪忍もできる。だが、阿部豊後守どのには子がない」

「跡継ぎがおられたのでは」

阿部豊後守には、正令《まさよし》という世継ぎがいる。

「あの方は養子よ。豊後守どのの従兄弟《いとこ》阿部政澄《まさずみ》のご長男でな、十二歳で祖父にあたる阿部正次《まさつぐ》どのから一万石を分知されて大多喜《おおたき》藩をつくっておられた。それを一人子に夭折《ようせつ》された豊後守どのが、慶安五年（一六五二）に養子とされたのだ」

長く書院番として勤めてきた小野次郎右衛門忠常は、幕閣のことも詳しかった。

「家を、先祖の功績で得た禄を受け継ぐのが侍。ために忠義も尽くす。もっとも阿部豊後守どのがご尊父どのから継がれたのは六千石、のこり七万四千石は、御自身のお力で手にされたものだ。それこそ、潰そうが分けようが誰にも文句は言われぬ」

「すさまじいご出世でございますな」

元高の十倍以上である。緋之介は感嘆した。

「阿部家は三河以来の家柄よ。豊後守どのの祖父、正勝《まさかつ》どのは、神君家康公が今川の人質となっていたおりもお供したという。家康さま関東入府にともない鳩ヶ谷に一万石を貰《もら》ったほど手柄もあった」

「今の武州岩槻藩でございますな」

阿部の本家にあたる岩槻藩は十一万五千石を領している。先代定高《さだたか》は、明暦の火事で焼け落ちた江戸城の再建を命じられたほど、信頼を置かれていた。

「豊後守どのは、分家じゃ。もっとも今では本家を追い落とす勢いであるが、まだ石高では追いついておられぬ」

阿部家の継承は、じつにこみいっていた。

みごとなほど嫡流が絶えるのだ。阿部正勝から正次への継承以外は、すべて嫡男の死去により、次男が継いでいた。今の阿部本家正春《まさはる》にいたっては他家へ養子にいってしまったのを呼びかえしている。先代定高に実子正邦《まさくに》がいたにもかかわらずである。正邦が二歳と幼かったためであるが、それは家中に火種をまいたことになった。正邦が六歳となった今、藩は継承を巡って二つに割れていた。

それもあってか、名門阿部家の本家でありながら、無役であった。

「己は並ぶ者のない老中、本家は無役。まして嫡流とはいえぬ血の混迷で、正統とはほど遠い。そこらあたりになにかあるのやもな」

言い終わると小野次郎右衛門忠常は、身体を横たえた。

「きついことになりそうだ。少しでも休んでおけ」

「はい」

緋之介も横になったが、緊張で目を閉じることさえできなかった。

主のもとへ復命にもどった井谷左馬助は、阿部豊後守に手招きされた。

「準備はおさおさ怠りあるまいな」

「はっ。この宿場を出て四里（約一六キロメートル）ほどのところに、荒れ果てた地蔵堂がございまする。そこに鉄砲の名手を四人と剣術遣いを六名潜ませておりまする」

茫洋《ぼうよう》としていた表情を消して、井谷左馬助が鋭い目で告げた。

「うむ」

「殿」

うなずいた阿部豊後守へ井谷左馬助が少しだけにじり寄った。

「なんじゃ」

「ことがなりましたあかつきには、わたくしめを留守居役に……」

諸藩との関係、幕府との連絡役でもある留守居役は、大名たちの内証が悪化するなかで唯一、湯水のごとく金を使うことができた。

それこそ幕府の役人と行くならば、吉原の代金でさえ藩は支払ってくれる。身分は家老や組頭に比べて高くはないが、もっとも余得の多い役目であった。

「わかっておる」

うなずいた阿部豊後守に一礼して、井谷左馬助がさがった。

「今の留守居役よりは遣えるであろうしな」

阿部豊後守がつめたく笑った。

三

将軍のお成り行列は行軍の形を取ると言いながら、戦《いくさ》がなくなって形式だけ残った今、その中食のためだけに、一刻半（約三時間）のときが費やされた。

「そろそろ上様のご中食が始まりましてございまする」

井谷左馬助の合図で本陣を出た小野次郎右衛門忠常と緋之介は、行列から一里（約四キロメートル）先行していた。

「父上」

早足に進む小野次郎右衛門忠常を緋之介は呼び止めた。

「そんなに急がれては周囲の確認ができませぬ」

「不要」

緋之介の危惧を、小野次郎右衛門忠常が一言のもとに切ってすてた。

「どういうことでございまする」

「これは罠《わな》」

速度を落とさず、小野次郎右衛門忠常が言った。

「それはわかっておりまするが、なぜそんなに急がれまする」

「少しでも早く、敵と遭遇し撃破いたさねばならぬ。これ以上上様に争闘のありさまをお見せするわけにはいかぬ」

家光以降、将軍が戦場に出たことはなかった。身近な者が血のなかに倒れていく姿は、お身体大事と城の奥に閉じこめられている家綱にはきびしすぎる。

「お心をわずらわせることをできるだけ少なくいたさねば、旗本としてお仕えする意味がない」

「納得いたしましたが、街道筋を調べずともよろしいのでございまするか。またぞろ上様の行列へ不埒を仕掛ける者が潜んでおるやも」

「ありえぬ」

小野次郎右衛門忠常が首を振った。

「すでに一度豊後守どのは醜態をさらしておる。重ねての失態は上様が許されても、他の留守を守っている老中方が黙ってはおられまい。律儀豊後とまで呼ばれたお方よ。昨夜のうちに徹底して街道筋は探索されておる」

「では、我らを始末するためだけに……」

「そうなるな」

憤りも見せず、あっさりと小野次郎右衛門忠常が述べた。

「友悟、気を張っておけ。次にみっともないまねを見せたなれば、この父がそなたへ引導を渡してくれるわ」

「はっ」

走りながら緋之介は首肯した。

宿場を出たのが昼九つ半（午後一時ごろ）、初夏の日はまだかたむきさえ見せていなかった。

およそ一刻（約二時間）ほど駆け続けた緋之介は、かすかな臭いに気づいた。

「飛び道具……」

かつて高崎で緋之介は狙撃《そげき》されたことがあった。殺気ともいえぬ奇妙な感覚が、緋之介の背筋を降りた。

人と人が対峙《たいじ》するゆえに殺気は感じられた。剣や槍には、その切っ先に持ち主の気がのる。しかし、はるか遠くの目標をただ撃つだけの鉄砲や弓はものでしかない。弾《たま》や矢には、目標を殺そうという意思がない。気配を出さないのだ。柳生十兵衛をして「闇夜の鉄砲は防ぎがたし」と言わしめたのはここにあった。

緋之介が気づいたのは、ただ過去に撃たれた経験があったお陰であった。

「父上、鉄砲でござる」

街道脇へと身を投げながら、緋之介は叫んだ。

「…………」

小野次郎右衛門忠常も躊躇《ちゅうちょ》なく身体を倒した。

轟音《ごうおん》とともに空を裂いて弾がとんでいった。

「まだよ」

跳ね起きようとする緋之介を小野次郎右衛門忠常が制した。

「鉄砲は一発撃ったあと、次までに間が生まれまする。その間に間合いを詰めねば
……」

焦って緋之介は言いつのった。

「それぐらい知っておるわ。鉄砲が二丁だけとなぜわかる」

「えっ」

言われた緋之介が絶句した。

「剣士を殺すに鉄砲ほど適しているものはない。免許皆伝の剣術遣いでも、生まれて初めて鉄砲を持った足軽の一発に倒れるのだ。豊後守の手配を甘く見るな」

緋之介を叱りながら、小野次郎右衛門忠常が少しずつ身体を街道からはずしていっ

た。

「撃ってこぬ」

街道の先を見あげた緋之介は、左脇に崩れかけた地蔵堂があるのを確認した。

「あのなかか」

地蔵堂の格子戸を台座代わりに鉄砲の狙《ねら》いをつけていると緋之介は読んだ。

「何人いるか」

鉄砲の欠点は連射できないことである。どんなに熟練した鉄砲足軽でも、二発目を撃つにはゆっくりと五数えるほどのときを要した。その弱点を克服したのが織田信長である。数丁の鉄砲をくりかえし使うことで、装塡《そうてん》の間をなくした。

緋之介は父小野次郎右衛門忠常へ目をやった。

小野次郎右衛門忠常は、街道をはずれ、田のなかへ身体を落としていた。まだ田植えには早い。田は耕されてもなく、水もたたえられていなかった。

田は水を張らなければならないため、街道よりも低くなる。街道より高い地蔵堂から、小野次郎右衛門忠常の姿はほとんど見えなくなっていた。

己も父のまねをしようと、身体をずらした緋之介は、地蔵堂の扉が開いて人が跳びだしてくるのを見た。

「あそこか」

鉄砲を抱えた男が、小野次郎右衛門忠常へ向けて構えた。

「四丁か」

人数はそれより多かったが、緋之介は鉄砲の数を重視した。

「二人は、もう一人の方を」

四人が二手に分かれた。

「やれ」

小野次郎右衛門忠常に狙いをつけていた男が、鉄砲を放った。

轟音と白煙があがった。しかし、十分狙うだけの余裕がなかったのか、弾は小野次郎右衛門忠常の手前で、土を跳ねあげただけであった。

「落ちついて狙え」

撃ち終えた男に代わって、もう一人が立ったまま、小野次郎右衛門忠常へ筒先を向けた。田に伏した小野次郎右衛門忠常の姿は、丸見えであった。

「させるか」

跳ね起きた緋之介は、走った。太刀を鞘走らせて気合いをあげた。

「おうりゃあああああ」

「来やがった。撃て、撃て」

緋之介に対応していた二人が、あわてて鉄砲を構えた。

「ひきつけろ、今度ははずすな」

鉄砲を持っていない男が指示を出した。しかし、白刃《はくじん》のきらめきが迫ってくるのを待てるほどの度胸を飛び道具の射手は持っていなかった。

「うわっ」

「わっ」

どちらが先とも決めていなかったのか、二人が同時に引き金を落とした。

「ぬん」

距離があれば鉄砲の弾をかわすことはそれほど難しくなかった。射撃の姿勢、筒先の見え方で、弾が飛んでくるおよその方向は推測できた。

緋之介は、大きく前に身体を倒した。

鉄砲には反動がある。火薬の爆発で生まれた力は、鉄砲を上に跳ねさせようとする。手慣れた射手はその分を計算に入れるか、力で筒を抑えるかして、的確に目標を射ぬくのだ。焦って撃ったぶん、筒先は大きく跳ね、弾は低くなった緋之介のはるか頭上を通りすぎていった。

「馬鹿が」

指示していた男が罵った。

命のやりとり、その場数の違いであった。

緋之介は、すぐに体勢を立てなおして、突っこんだ。

「こいつを撃て」

残っていた鉄砲を、小野次郎右衛門忠常から緋之介へ狙いを変えろと指示役の男が命じた。

「えっ」

小野次郎右衛門忠常へ集中していた射手の気が乱れた。

「とう」

鞘から小柄を抜いて、小野次郎右衛門忠常が投げた。

もともと小柄は紙を切ったり、ものを削ったりするための道具で手裏剣として用いるものではない。刃《やいば》より柄のほうが重すぎて、刺さりにくい。小野次郎右衛門忠常も手裏剣として使ったのではなく、鉄砲の筒先へ当てることが狙いであった。

乾いた音をたてて小柄が鉄砲に当たった。

「わあ」

小さな衝撃だったが、あわてていた射手に引き金を引かせるには十分であった。放たれた弾は緋之介の右頬《みぎほお》をかすめて、後方へ消えていった。

「…………」

頬の痛みも感じず、緋之介は大きく足を踏みこんだ。

「ひるむな、太刀を抜け。人数でははるかにこちらが多い」

指示役の男が鞘走らせた。続いて男たちも太刀を手にした。鉄砲を持っていた男たちも、得物《えもの》を替えた。

「おう」

五間（約九メートル）の間合いを緋之介は駆けた。

「ひっ」

さきほどまで鉄砲を持っていた男が、緋之介の迫力に逃げ腰になった。

「…………」

緋之介は、膝を深く曲げると低い姿勢のまま太刀を右手だけで支え、片手薙《な》ぎに振った。

片手薙ぎは肩の入れ方で、三寸（約一五センチメートル）伸びる。緋之介の太刀は、取り囲もうと広がりかけた敵、二人の膝を裂いた。

「ぎゃあ」

「痛いっ」

遠い間合いからの片手薙ぎである。膝を断つほどの威力などなく、浅く肉を断っただけだったが、二人の男は太刀を落としてうめいた。

「おのれっ」

二人のすぐ後ろにいた男が、太刀を上段に振りかぶった。

「ふっ」

股が裂けるかと思うほど、左足を前に出して、緋之介はがらあきとなった胴を突いた。

「ぐへっ」

腹を斬られても即死はしないが、戦う力は失う。男が傷口を抱えるようにして倒れた。

手応えも確認せずに抜いた緋之介は、踏みこんだ勢いのまま、男たちのなかへと入りこんだ。

「包みこめ」

指示役が叫んだ。男たちがそろって切っ先を緋之介に向けた。

「まったく、刺客がこのていどでどうするのか。拙者のことを忘れたわけではあるまい」

男たちの背後からあきれた声がかけられた。

「あっ」

緋之介の勢いに、男たちはもう一人へ向けるべき注意を失っていた。

「小野次郎右衛門……」

あわてて振り向こうとした男の背中へ、小野次郎右衛門忠常は遠慮なく太刀を突き刺した。

「鉄砲を使っておきながら、卑怯《ひきょう》などと言ってくれるなよ」

小野次郎右衛門忠常は、抜いた太刀を天で回すと、左手にいた男へ振りおとした。

「わあああ」

あわてて受けようと太刀を動かしたが、間に合うはずもなかった。男は首の血脈から真っ赤な潮を噴きながら絶息した。

「落ちつけ、三人、小野次郎右衛門へ」

あわてて指示役が命じた。

あっという間に半減させられた刺客たちは、ようやく陣形を立てなおし始めた。

「待ってやるほど親切ではない」

血振りを太刀にくれて、小野次郎右衛門忠常が歩を進めた。

「ぬう」

小野次郎右衛門忠常が進んだだけ、三人の刺客が下がった。

「友悟、さきほどから偉そうな口をきいておる奴はそこそこ遣うようじゃ。油断いたすな」

「はっ」

父の評価と緋之介も同じであった。鉄砲役だった刺客は、ものの数ではなかった。

緋之介は、太刀をゆっくり青眼《せいがん》に構えた。

「だてに将軍家剣術指南役ではないということか」

指示役が苦い顔をした。

「あいつの背後へ、大きく回りこめ」

緋之介へ切っ先を向けている配下へ、指示役が言った。

「あ、ああ」

田のなかに踏みこむほど大回りして、配下が緋之介の後ろについた。

「おまえを倒せば、まだ道はある」

太刀を下段に落として、指示役が言った。

指示役から染みとおるように殺気が、伝わってきた。人を斬ったことがある者だけが放つ底冷えするような剣気に、緋之介は緊張した。

「…………」

間合いは二間（三・六メートル）をきっていた。

ともに踏みだせば、切っ先が相手に届く、一足一刀の間合いであった。

緋之介は、左足を地面へ食いこませるように、足場を固めた。

「りゃあ」

「ひくっ」

小野次郎右衛門忠常の気合いと、斬られた刺客の苦鳴が響いた。

「きえええええ」

指示役が、気合いを放った。

「…………」

わずかに腰をかがめた緋之介へ、背後から刺客が襲いかかった。

「きゃあああああ」

うわずった声で、上段からの一撃を緋之介の背中目がけて撃った。

緋之介は振り返りもしなかった。真剣勝負になれていないと、白刃の放つ恐怖に腕も足も竦《すく》む。緋之介は背筋に感じる気配で届かないと読んだ。

「………」

無言で指示役が、下段から斬りあげてきた。十分踏みこんだ一閃《いっせん》は、緋之介の股間を両断する勢いで迫った。

「ふん」

緋之介は太刀の柄頭をさげて、これを受けた。

しびれるような手応えを感じた緋之介は、柄頭を支点に太刀を倒した。

「ちっ」

止められた指示役が、緋之介の一刀を避けるために、後ろへ跳んだ。

「あわわわ」

背中から襲った刺客が、はずれた白刃で地を叩《たた》き、あわてていた。

「たわけっ。すぐに続けてやらぬか」

指示役がどなった。

「わ、儂は鉄砲の腕で雇われたのだ。刀を遣うなど聞いておらぬ」

刺客が泣き言を口にした。

「生きて帰りたければ、戦え」

ふたたび太刀を下段に戻して、指示役が言った。

「た、たすけて……」

小野次郎右衛門忠常の一刀をまともに浴びてまた一人倒れた。

「こんなはずではなかったのに」

仲間二人を失った、小野次郎右衛門忠常と対峙《たいじ》している刺客がつぶやいた。

「鉄砲で、四丁の鉄砲でかたはつくはずだった。俺たちは、止《とど》めを刺すだけと思っていたのに」

「人の首を狙う以上、己の命をかける覚悟はできていたはず」

冷たく小野次郎右衛門忠常が告げた。

「将軍家剣術指南流など、床の間の飾りと同じ。見ばえだけで遣われることはないとの言葉を信じたのが、まちがいだった」

覚悟のない刺客が、まだ嘆いた。

「真剣勝負とは、なにがあるかわからぬものだ」

「勝負になるまえに終わるはずだったのに」

ついに追い詰められた覚悟のない刺客が、小野次郎右衛門忠常へ向かっていった。

太刀を水平に構えて突いた。

「突きそんじなしとはいかぬな」

体を開いてかわした小野次郎右衛門忠常が、太刀を小さく振った。

「あくっ」

後頸部を刎《は》ねられて、覚悟のない刺客が絶息した。

「あわあわあわ……中山《なかやま》」

緋之介の背後をうかがっていた刺客が、悲痛の声をあげた。

「ときを稼ぐこともできぬのか、情けなし」

指示役が、死んだ仲間を吐きすてた。

周囲の敵を一掃した小野次郎右衛門忠常が、懐《ふところ》から鹿皮を取りだし、ゆっくりと刀身を拭《ふ》き始めた。

「手助けはせぬぞ」

小野次郎右衛門忠常が、緋之介に宣した。

「はい」

緋之介は、うなずいた。

「不遜《ふそん》なまねを」

指示役が顔色を変えた。

「磯崎《いそざき》、合わせろ。ばらばらに動いたゆえ、一同は負けたのだ。二人がかりならば、いける」

「仁藤《にとう》どの……。わかった」

指示役仁藤の言葉に、磯崎が震える声で了承した。

「二言はなかろうな」

目を緋之介に向けたままで、仁藤が小野次郎右衛門忠常に確認した。

「闇討《やみう》ちをするような輩に、武士の約束もあったものではないが……」

小野次郎右衛門忠常が、太刀を鞘に納めた。

「友悟、みょうな仏心を出すな。位牌《いはい》はまた増えるが、己の墓を建てるよりはるかにましである。なにより、泣く女がいることを忘れるでないぞ」

「…………」

緋之介は無言で唇をかみしめた。泣く女がいる。母ではなく女を泣かすなと言った小野次郎右衛門忠常の心に、緋之介は応じた。緋之介には責任があった。

「おう」

ゆっくりと緋之介は太刀をあげた。

「一刀流の極意威の位か」

すぐに仁藤が反応した。

「射竦めと言うらしいな」

仁藤が、目を緋之介のつま先へと落とした。

「満々たる気迫で、敵を威圧し、身動きさせぬのが射竦め。蛇に睨《にら》まれた蛙と同じ。しかし、そのためには気の放出口である目を合わさねばなるまい」

剣を放つには、どうしても動かなければならないのが足であった。足を注視しているだけで、相手の出鼻を知ることはできる。仁藤は、射竦めから逃げるためにうつむいたのであった。

「おろかな」

仁藤に応えたのは、小野次郎右衛門忠常のつぶやきであった。

「行くぞ、磯崎」

「お、おう」

応じた磯崎の腰は完全にひけていた。

「肚《はら》をくくれ。ここをくぐりぬけねば、生きていくことなどできぬぞ。逃げたところで、失敗した刺客に二度と仕事の依頼は来ぬ。剣が遣えるならば、博徒の客分として

喰うことはできようが、鉄砲の腕などで雇ってくれる者などない。のたれ死にするよ
り、まだ戦ったほうが望みがあるだけましではないか」

仁藤が磯崎をなだめるような口調で励起した。

「あ、ああ。そ、そうだな」

磯崎が太刀を構えなおした。

「よし。勝って死んだこいつらのぶんまで豪遊しようぞ」

「おう」

震えずに磯崎が受けた。

「相談は終わったか」

あえて緋之介は挑発に出た。あまりときをかけては、行列の先触れが来かねなかっ
た。将軍お成り行列を襲う謀反人《むほんにん》なればこそ、供先での成敗は許されるのだ。

「意趣遺恨でござる」

そう叫ばれてしまえば、私闘となる。私闘となれば、供先を汚したとして、小野次
郎右衛門忠常と緋之介が処罰されかねなかった。家綱の中食まで出立を遅らされた裏
には、阿部豊後守の策が隠されていた。

「いくぞ」

仁藤がゆっくり足を擦《こす》るようにして間合いを詰めてきた。背後から磯崎も同じように迫ってきた。

「おう」

「やあ」

仁藤と磯崎が気合いをあげた。まだ間合いは遠い。緋之介に対するというより、二人の呼吸を合わせるためのものであった。

「ぬん」

わざと緋之介は気合いを返した。

「ひっ」

死地をなんどもくぐり抜けてきた緋之介の気合いは、磯崎をゆさぶった。

小野次郎右衛門忠常が嘆息した。

「己の命をかけず、敵の手の届かないところから襲う。鉄砲に頼りきるからそうなるのだ。侍として不十分」

「それでやってこられたのだ、いままで」

断じられた磯崎が、首を振った。

「相手になるな。集中しろ」

仁藤が叱った。

「おうおうおう」

一足一刀の間合いに入った仁藤が、下段の切っ先を小刻みに動かした。

「陰流《いんりゅう》の流れか」

構えたまま動かないと切っ先が固まる。腕の筋が凝ることを嫌って、切っ先を落ちつかせない流派があった。

「どうだ、射竦めは効いておらぬぞ」

誇らしげに仁藤が言った。

「ならば、かかって参れ」

さらに緋之介は挑発した。

「ひあああ」

緊張に耐えかねた磯崎が緋之介へ斬りかかった。

「おううう」

あわせて仁藤も踏みこんできた。

目に入った景色を刻みこみ、すべてに気を配れ。小野忠也とした必死の稽古が、緋之介を落ちつかせていた。

あとから出た仁藤がわずかに疾《はや》いと読んだ緋之介は、あえて前に出た。

「りゃあ」

伸びあがるようにして、緋之介は上段の太刀を撃った。

「ちっ」

緋之介に後の先を取られたとさとった仁藤が下がった。そのまま緋之介は、右手を離し、左手だけの片手撃ちに出た。

「なにっ」

さらに伸びてくる緋之介の切っ先を、仁藤は大きく後ろに逃げることでかわした。

「……うおう」

かわされることを前提にした一撃である。緋之介はそのまま左足を軸に回転すると、磯崎と対峙した。

「えっ」

届かなかった一刀を撃ったまま、磯崎は呆然《ぼうぜん》としていた。残心の構えをとっていないことが、致命傷となった。

「えいっ」

緋之介は回転した勢いのまま、右足を振りだし、大きく膝を曲げて間合いを詰めた。

磯崎に向けて出した右足が地を噛《か》むなり、左足を蹴《け》ってさらに跳んだ。

「ひっ」

一拍の間に緋之介の間合いに捕らえられた磯崎が悲鳴をあげた。あわてて下がっていた太刀を防御のために上げようとしたが、遅かった。

「…………」

太刀を右脇へ引きつけて緋之介が、袈裟《けさ》懸けに振った。

「いやだああ」

肩から脇まで割られた磯崎が絶叫した。

「おのれっ」

背中を向けた緋之介めがけて仁藤が走りよった。踏みこみざまに下段の太刀を斬りあげた。

「ほう」

小野次郎右衛門忠常が感嘆するほどの勢いだったが、仁藤の動きを読んでいた緋之介は、前に大きく跳んで、空を切らせた。

「なんのっ」

仁藤が後を追った。

「はっ」

背中を向けたまま、緋之介は太刀を後方へ突きだした。

「くっ」

間合いを詰めすぎた仁藤が、あわてて上にあげていた太刀で受けた。

仁藤の足が一瞬止まった隙《すき》に、緋之介は振り向いた。

「やるな」

息を納めながら、仁藤が言った。

「おぬしもな」

緋之介も返した。事実仁藤はかなり遣った。道をはずすことがなければ、江戸でも名の知れた剣術遣いになれたかも知れなかった。

「そろそろ決着をつけようぞ」

ゆっくりと緋之介は、腰を落とした。

「よかろう。おぬしを倒した後、まだ小野次郎右衛門と戦わねばならぬのだ。小者ごときにときはかけられぬ」

仁藤が太刀を下段に取った。

緋之介は太刀を静かに大上段へとあげた。

「なんとかの一つ覚えよな」

小さく口をゆがめて仁藤が笑った。

「一つのことに精進するのも道ぞ」

目を伏せた仁藤に、緋之介は応えた。

「ふん。射竦めのきかぬ大上段など、隙だらけではないか」

「とおもうならば、来い」

緋之介の誘いに、仁藤が乗った。

「おうりゃああ」

大きく左足を踏みだし、下段から斬りあげた。

合わせて緋之介も膝を曲げ、大上段から太刀を落とした。

「ええええい」

裂帛《れっぱく》の気合いが空に消えたとき、緋之介の太刀が仁藤を両断していた。命を失った瞬間、全身の筋は一気にゆるむ。柄を保持できなくなった仁藤の両手から、太刀が落ちた。

「…………」

声もなく仁藤が倒れた。

すべての迷いを捨てた大上段の疾さに、まさる一撃はなかった。

「ふむ。忠也の鍛錬が少しは身についたか」

残心の構えのまま固まった緋之介に、小野次郎右衛門忠常が声をかけた。

「亡骸《なきがら》を地蔵堂に納めてやれ。戦った者への礼儀じゃ」

小野次郎右衛門忠常が手を出し、緋之介の太刀を受けとった。

「……はい」

緋之介はまだ血を流している仁藤の身体を抱きあげ、地蔵堂のなかへと安置した。

「修行を捨てていなければ、負けていたのは拙者だったやも」

刺客という非道に堕ちた剣術遣いの最期《さいご》に、緋之介は合掌した。

第五章　別離の門出

一

現世との垣根を設けた吉原は、男の極楽として、いつもおだやかな表情を浮かべている。

「おい、船の用意はできたか」

三浦屋四郎右衛門《しろうえもん》方の忘八頭彦也《ぼうはちがしらひこや》が、きびしい声で問うた。

「日本堤《にほんづつみ》に繋《つな》いでありやす」

若い忘八が答えた。

「よし、西田屋さんへ報《しら》せに行け。八名お願いしやすとな」

「へい」

うなずいた若い忘八が、走った。

「こちらは十人だす。昨今あまりに目につく隠し売女へのお仕置きをする。これは、会所《かいしょ》の役目。西田屋さんにお願いするのは、筋違い。お人をお願いするのは、吉原惣《そう》名主《なぬし》さまへの気づかい。だからこそ、西田屋の衆に傷一つつけさせるんじゃねえぞ」

彦也が集まっていた三浦屋の忘八たちを睨《にら》みつけた。

「念にやおよびやせん」

歳《とし》を経た忘八が小さく笑った。

「忘八が命を惜しむわけはござんせん。あっしらは吉原に入ったときに死んでおりやす」

「だったな」

聞いた彦也が苦笑した。

「本日はお世話になりやす」

西田屋の忘八喜太が、配下を連れて会所に現れた。

「旦那《だんな》には知られていやせんでしょうな」

彦也が念を押した。

「織江さまに……ご安心を。しっかりきみがててが、足止めをいたしておりやす」

確認された西田屋の忘八が保証した。

「ならけっこうで。織江の旦那がご存じになれば、かならずついてこられやす。水戸さまのお身内になられるお方を、吉原の水で染めるわけにはいきやせん」

ほっと彦也が息を吐いた。

「では、参りやしょう」

彦也のうながしで、忘八たちが大門を出た。

三艘《そう》の船に分乗した十八名の忘八は、大川を下った。

「築地《つきじ》の旦那衆には話を通してありやす」

「あいかわらず手回しの行きとどいたことだ」

喜太が、彦也の仕事に感嘆した。

「最近の岡場所は、一筋縄じゃいきやせん。しっかりと根回しをしておきやせんと」

真剣なまなざしで彦也が述べた。

吉原の忘八たちが目指しているのは、三崎築地の岡場所であった。

徳川家康によって江戸唯一の遊廓《ゆうかく》と認められた吉原には、いくつかの特権が与えられていた。その一つに、岡場所など非公認の遊廓を町方へ摘発することがあった。

「お奉行所は、なかなかこちらの願いを聞き届けてくださいやせん」

喜太の言うとおり、岡場所への手入れは町奉行所の任であった。

まだ吉原が日本橋葺屋町《ふきやちょう》東にあったころは、願いをあげてすぐ町奉行所は動いてくれた。家康の御免状も大きかったが、吉原の撒《ま》いた鼻薬が奉行所を抑えこんでいたのだ。

しかし、明暦の火事で浅草田圃へ移されてから、状況が変わった。訴えても奉行所はなかなか腰をあげなくなった。なんのかんのと理由をつけては、先延ばしにした。

吉原からの鼻薬が減ったわけではないにもかかわらず、奉行所の態度は一気に冷たくなった。

「大門内のことは吉原で、外のことは町奉行所がと決まっていたんでやすがねえ。動いてくれねえから、こんなことをしなきゃいけねえ」

彦也が苦い顔をした。

「まったく、金を取るだけ取っておいて、なんにもしねえどころか、最近じゃ吉原の足まで引っ張ってくれる。町方の衆は、忘八より恩を知らないようで」

けわしい表情で喜太も同意した。

大川を風が吹き渡っていく。真冬となろうとも綿入れを支給されることのない忘八たちは袷《あわせ》の襟をしっかりと押さえて風を防ぎながら、寒さに耐えた。

「頭、そろそろで」

もと木更津《きさらづ》の漁師だった忘八が、たくみに船を岸へと寄せていった。

「ぬかるんじゃねえぞ」

岸にあがった彦也が、一同を見回した。

「言わずともわかっていようが、女と客に乱暴は御法度《ごはっと》だ。男たちへ遠慮はいらねえが、あとあとめんどうなことにならねえよう、殺すな」

「へい」

「おう」

忘八たちが首肯《しゅこう》した。

「船頭役のほかに、三人残れ。女をひっつかまえたらすぐだせるようにしておけ」

さっと彦也が手を振った。

船が着いたところから三崎築地までは、走ればすぐである。煙草《たばこ》を数服吸いつけるほどの間で、忘八たちは岡場所へと踏みこんだ。

「吉原会所の者でえ。図に乗りすぎだ、てめえら」

彦也が怒鳴った。

「なにっ。吉原だと」

すぐに岡場所の男たちが手に得物《えもの》をもって立ちはだかった。

「手向かいする気か」

冷たい声で彦也が問うた。

「やかましい。吉原がなんだというんでえ。てめえら忘八は、人ですらねえ。殺したところで、咎《とが》められることもねえんだ。おい、やっちまえ」

男たちの頭らしいのが、気勢をあげた。

「くたばりやがれ」

長脇差を持った男が、先頭に立つ彦也めがけて斬りつけた。

「馬鹿が」

かわしざまに彦也は、長脇差の男の臑《すね》を手にしていた棒で打った。

「……ひくっ」

人体の急所を折られた長脇差の男が白目をむいて昏倒した。

「安治《やすじ》……このっ」

仲間をやられて逆上した岡場所の男たちがいっせいに忘八へと襲いかかった。

「やっちまえ」

忘八たちも受けた。

「やろうっ」

「やかましい」

怒号と悲鳴で岡場所は大騒動になった。

「吉原の手入れだそうだ」

聞いた客の何人かが、尻丸出しで逃げだした。

「女を隠せ」

岡場所の楼主があわてて指示を出した。

「逃がすかい」

人数は少なくとも、端《はな》から命をかけている忘八にはそちらに人を回す余力があった。なにより、手配りに抜かりはなかった。

人数で劣る斬《き》りこみ隊への援軍など考えず、岡場所の出入り口を、扼《やく》することに人数を割《さ》いていたのだ。岡場所を逃げだそうとした連中は、かえって罠《わな》に跳びこんだも同然であった。

「大人しく、女をわたしやがれ」

楼主は忘八に殴られ、女たちはとらえられた。

「四人か……少ないが、切りあげどきだな」

喜太は逃げだす気力もなく呆然《ぼうぜん》としている女の手を摑《つか》んで、つぶやいた。

「ここには二十人からの遊女がいるはずで」

別の女を押さえている忘八が、不満を口にした。

「わかっている。だが、これ以上長居するのは、得じゃねえ。地廻《じまわ》りが出てくれば、話がややこしくなる。吉原としては女を確保することより、岡場所を潰《つぶ》すのが目的だからな」

「生きてる証拠というわけでやすか」

忘八が納得した。

「ああ。人の売買は御法に触れる。それをやってたとなれば、岡場所の楼主たちは皆、小伝馬町《こでんまちょう》行き、かってにここは潰れてくれる。一人の女でもだいじな手証よ。おい、引きあげの笛を吹け」

「へい」

控えていた西田屋の忘八が、懐《ふところ》から出した笛を強く吹いた。

「くたばれっ」

匕首《あいくち》を腰だめに突っこんでくる岡場所の男の膝《ひざ》を、蹴《け》り折りながら彦也は合図の笛を聞いた。

「引きあげるぞ」

棒を振って近づいてきた男衆を威嚇《いかく》して、彦也は背を向けた。

「殿《しんがり》はやる。西田屋の衆と合流して船へ急げ。おいらのことは気にしなくていい」

三浦屋の忘八が駆けだした。

棒というのは使い勝手がいい。よく乾かした樫《かし》の棒は、長脇差ていどで断たれることなどなく、うまくすれば刀を折ることもできた。

「手傷を負った者を先にいかせろ」

去っていく仲間のあとを追うように彦也が走った。

「逃がすな」

吉原が退いたと勘違いした岡場所の男衆たちがいきりたった。

「な、なんとしても女を取り返せ」

殴られて女を奪われた岡場所の主《あるじ》が、起きあがることもせず叫んだ。

「取りもどしてきた奴には、褒美をやる」

「おおう」

男衆の意気がさらにあがった。

背後に続いてくる男衆たちの気配を彦也は感じながら、前を行く仲間たちとの距離を測った。

岡場所の女を連れているだけ、どうしても足が遅くなる。

「離して」

「おろして」

女たちは、抱えられながらも抵抗していた。

「吉原に行くのはいやあ」

女たちは吉原に捕まることがなにを意味しているか知っていた。

隠し売女は、奴婢《ぬひ》として吉原で生涯こきつかわれる決まりなのだ。遊女として売られてきた女でさえ二十八歳になれば、年季が明けて出て行けるのに、奴婢は死ぬまで大門を去ることが許されない。逃げ出せないよう、額《ひたい》に奴の焼き印を押され、塩と米だけの食事で病気となっても関係なく、酷使される。家康から与えられた特権を失わないための、過酷な見せしめであった。

「やかましい、黙ってろ」

忘八たちが、抱えている女の尻を叩《たた》いた。

「吉原ではなく、御法度の岡場所に身を沈めたんだ。覚悟はできてたはず」

凍りつくような声で喜太が、女を脅した。

「ひいっ」

女が沈黙した。

「船を出せ」

一艘に一人女をのせて、猪牙《ちょき》船が岸を離れた。

「彦也の頭は……」

若い忘八が、まだ岸に残って追っ手を捌《さば》いている彦也に目をやった。

「忘八随一の遣い手よ。岡場所の博徒くずれあたりに負けるものか」

喜太が、若い忘八の危惧《きぐ》を払った。

「吉原会所へ急げ」

「へい」

船頭役の忘八が腕に力をこめた。

「出たか」

目の片隅で仲間の脱出を確認した彦也は、手にしていた三尺棒を投げた。

「うわっ」

さんざん棒の威力を見せられた男たちが、動揺した。取り囲んでいた一角に乱れが生じた。

「あばよ」

彦也はその隙《すき》につけこんで、包囲を突破、そのまま江戸湾へと飛びこんだ。

「しまった。逃がした」

急いで男衆が岸へ駆けよるが、冷たい海へ入ろうという者はいなかった。

「船で追うか」

「いや、この寒空だ。とても生きてはいまい。おい、三人ぐらい残れ。あがってこねえように見張っていろ。一度戻って親分の指示を受けなきゃなるめえ」

頭分の男衆が背中を向けた。

「逃がしたのか」

喜太から受けた傷の痛みに頰《ほお》をゆがめながら、楼主が苦い顔をした。

「申しわけありやせん」

深く頭分が頭をさげた。

「一人でも忘八を捕まえていれば……。出かけてくる」

「どちらへ」

「おめえは知らなくていい。それより、またやられないよう、他の女どもを移せ。場所はわかっているな、熊《くま》」

「深川の将景寺《しょうけいじ》でござんすね」

熊がうなずいた。

「あそこの坊主にはたっぷり金を渡してある。いかに吉原といえども寺社地に手出しはできめえ。寺は町奉行所でさえどうにもできねえんだ」

「承知しやした」

「あと、客が来たらちゃんと案内するんだぞ。女には元手がかかっているからな。一日でも身体《からだ》があいちゃ大損だ」

「へい」

「じゃ、行ってくる」

後事を熊に命じて、楼主が急いで出ていった。

早足の楼主は半刻《はんとき》（約一時間）ほどで、一軒のしもた屋の前で止まった。

「ごめんを」

「どちらさまで」

応対したのは中年の女であった。

「三崎の下総《しもふさ》屋矢兵衛《やへえ》でございまする。旦那さまはご在宅で」

「下総屋さんかい。ちょいとお待ちを。今、旦那さまは佐知《さち》さまと……」

中年の女が声をひそめた。

「それは……出直しと申したいところでござんすが、火急な用件で。待たせていただいてよろしいでやしょうか」

「すでに小半刻（約三十分）ほどになるから、そろそろだと思うけど。台所でよければ、お湯くらいは」

「すいやせん」

下総屋が、玄関から勝手へと回った。

出されたお湯が冷める前に、奥から声がかかった。

「お常《つね》……手桶《ておけ》にお湯を。あんまり熱くしないように」

「おわったようだよ」

火鉢の上で湯気を噴いているやかんから、手桶に湯を入れ、水を足したお常が笑った。

「しつこいようで、もたないからねえ、旦那は」

「…………」

同意するわけにもいかず、下総屋は苦笑いをした。

「伝えてくるから、玄関へ戻っておいでな」

「へい」

お常が手桶を持って出ていくのと合わせて、下総屋も玄関へと向かった。

「下総屋さん、どうぞ」

たばこを一服するほどの間で、下総屋は呼ばれた。

「ごめんを」

廊下に膝を突いて、下総屋が声をかけた。呼ばれたとはいえ、不意に襖《ふすま》や障子を開けないのは、廓《くるわ》の常識である。男と女が一つの部屋にいれば、なにがあっても不思議ではなかった。

「開けていいぞ」

許しを受けて、下総屋が襖を開けた。とたんに濃密な男女の営みの匂《にお》いが下総屋の鼻を襲った。

「どうした」

なんとか下帯は締めているが、着流しの前さえあわせず、乱れた姿で待っていたのは老中阿部豊後守忠秋の留守居役上島常也であった。

「さきほど、吉原の忘八どもに襲われやしてございまする」

「なにっ。で、どうなった。女は無事か、忘八は捕まえたか」

情事のあとのけだるさを払拭《ふっしょく》して、上島常也が問うた。

「それが……」

下総屋がうなだれた。

「ちっ。女は連れられ、忘八には逃げられか。役にたたない連中だ」

佐知のさしだした煙管《キセル》を口にくわえて、上島常也が吐きすてた。

「せっかく、吉原が直接動くしかないように、町奉行所へ手出ししないよう指示して、おめえのところを襲わせたというに……」

「すいやせん」

「詫《わ》びはいい。まあ、これも想定していたからな」

甲高《かんだか》い音をたてて、煙管をたばこ盆に打ちつけた上島常也が述べた。

「では、このあとのことも」

「女は吉原の会所へ連れられていったのだな」

「おそらく」

確認する上島常也に下総屋がうなずいた。

「浅はかなやつらよ。隠し売女は町奉行所が認定せねば成りたたぬというに」

上島常也が笑った。

岡場所などの取り締まりは町奉行所の任であった。隠し売女の捕縛も町奉行所の仕事である。捕まえられた隠し売女は、町奉行所吟味《ぎんみ》方与力の取り調べの後、吉原へと無償で下げ渡される。この手続きなしに吉原が岡場所の遊女を奴婢とすることは許されていなかった。

「築地から八丁堀の大番屋は近い。人数を繰りだせる岡場所に有利と考えて、吉原へ連れ帰ったのだろうが……。大門内の堅陣に頼りすぎたな」

満足そうに上島常也が言った。

「大番屋で吟味方与力の判断が出るまで、女たちは隠し売女ではない。いわば下総屋の女中を、吉原が誘拐したのも同然。このままでは、吉原が町奉行所から咎められる」

「会所から大番屋へ女たちを運ぶ……」

「あとはわかるな」

静かな声で上島常也が述べた。

「へい」

上島常也の言葉に、下総屋が平伏した。

「そのかわり……」

うかがうように下総屋が上島常也を見あげた。

「ことをなせぬわりに、欲だけは一人前か」

上島常也が嘲笑《ちょうしょう》した。

「欲がなければ、見世《みせ》を潰されるかも知れぬ賭《かけ》にはのれませんで」

下総屋が下卑た笑いを浮かべた。

「よかろう。欲のない者は信用できぬ」

脳裏に浮かんだ緋之介の顔を上島常也は振り払った。

「吉原から大権現さまのお墨付きを取りあげたあかつきには、おまえに江戸の遊女を取り仕切らせてやる」

上島常也が宣した。

「なにとぞ、よしなに」

下総屋が深く平伏した。

二

吉原の会所に連れこまれた女たちは、茫然《ぼうぜん》自失としていた。

「三浦屋さん、急ぎ町奉行所に女たちを突きださねばなりませんな」

吉原すべてを支配する惣名主西田屋甚右衛門が口を開いた。

「さようでございますな」

三浦屋四郎右衛門も首肯した。

「惣名主、三崎の連中は……」

「…………」

無言で西田屋甚右衛門が首を縦に振った。

「襲って参りましょうな」

ゆっくりと西田屋甚右衛門が言った。

女を大番屋に運びこまれてしまえば、三崎の岡場所の負けが決まった。

「かと申して……」

「忘八を何人もつけるわけにもいきませぬ」

西田屋甚右衛門が嘆息した。

吉原の忘八は、大門内では無敵であった。たとえ旗本、大名といえども吉原においてはただの男でしかなく、忘八と渡り合うことはできなかった。

しかし、一歩大門を出たとたんに忘八の神通力は消え失《う》せる。

「駕籠《かご》かき役の八名と前後の警戒に二名、合わせて十名がせきのやまというところでございましょう」

三浦屋四郎右衛門も肩を落とした。

「人数を出せれば、三崎など怖《おそ》れるにたりませぬが……」

「しかし、三崎の岡場所へ向かわせたのも、きびしく言えば御法度」

日陰の身の辛《つら》さを西田屋甚右衛門はよく知っていた。

「いかに隠し売女を大番屋へ移送するためとはいえ、多くの忘八を伴わせては、目立ちすぎ、世間の耳目を集めましょう。それこそ痛くもない腹を探られることになりかねませぬ。吉原が邪魔なお方はどこにでもおられますでな」

「はい」

三浦屋四郎右衛門が同意した。

「もしや……この女たちのことも……」

「おそらく罠でございましょうな」

淡々と西田屋甚右衛門が告げた。

「ならばなぜ……」

「見逃すわけにはいきますまい。岡場所は、許されざる場所。息をひそめておれば目こぼしもできましょうが、三崎のようにおおっぴらなまねをされては、対応するしかございませぬ。三崎をそのままにしておれば、他の岡場所も追随いたしましょう。江戸のあちこちに遊廓ができれば、唯一の御免色里《ごめんいろざと》吉原は価値を失いまする。御免のお墨付きの威光がなくなれば、吉原は死んだも同然、そこいらの岡場所と同じに堕《お》ちまする。金のために妓を潰すこともいとわぬ、まさに女の地獄となりましょう」

西田屋甚右衛門の表情がきびしくなった。

身体を売らせる遊廓でありながら、吉原は妓をたいせつに扱っていた。客と遊女を固定するのもその一つである。幾百とも知れぬ一夜限りの相手に抱かれていては、妓の心がもたない。吉原は馴染《なじ》みという制度を使って客と遊女をかりそめの夫婦とすることで、妓の負担を軽くしていた。他にも体調が悪ければ休ませるだけでなく、必要とあれば大門から出して転地療養させることもあった。

月のさわりも、客が病もちであろうとも、働かせる岡場所に比べて、吉原は遊女の天国であった。

「初代庄司甚右衛門以来守り続けてきた矜持《きょうじ》、捨てるわけには参りませぬ」

きっぱりと西田屋甚右衛門が宣した。

「これを機に町方の衆をもう一度抑えなおそうと考えておりまする。こちらも傷つきましょうが、今せねば、吉原は潰れまする」

西田屋甚右衛門が、興奮を抑えた。

「できましょうか」

「やるしかございませぬ」

厳格な口調で西田屋甚右衛門が言った。

「たしかに」

三浦屋四郎右衛門が同意した。

惣名主西田屋甚右衛門の判断で、わずか十名の忘八で、遊女を八丁堀まで送ることとなった。

「頼んだよ」

「へい」

彦也が首肯した。

「護《まも》りきれないと思ったら、女を捨てて逃げるんだよ」

「承知しておりやす。裏を探るんでござんすね」

西田屋甚右衛門の意図を彦也はしっかり摑んでいた。

「ああ。これは吉原惣名主としての命《めい》だから、かならずつきとめてきなさい。報告するまで、死ぬことは許されない」

「……肝に銘じやす」

深く頭をさげた彦也が振り向いた。同行していく九名の忘八が膝を突いていた。

「おいらは顔を覚えられている。助蔵《すけぞう》、おめえがあとをな」

「へい」

小柄な忘八が応えた。

「女たちを連れてこい。暴れないように手足をいましめるのを忘れるな。さるぐつわもだ」

忘八たちが女を閉じこめてある会所の奥へと入っていった。

「駕籠はどういたしやしょう」

彦也が問うた。

吉原の大門を駕籠で潜れるのは医者だけである。たとえ大名といえども大門前で下乗するのが決まりであった。いかに吉原会所の用でも、駕籠を大門内に入れることはできなかった。

「大門を出た編《あ》み笠《がさ》茶屋の桝屋さんに話はしてある。駕籠は桝屋さんのなかにおかせてもらっているから、そこまで、空き樽《だる》に女を入れて運べばいい」

西田屋甚右衛門が指示した。

編み笠茶屋とは、吉原へ入るのを他人に見られたくない武家や僧侶《そうりょ》などが、顔を隠す編み笠を借りるところである。当然他人目《ひとめ》につきにくいよう、膝まである暖簾《のれん》で入り口を隠していた。

「承知」

うなずいた彦也はすぐに空き樽を手配し、女たちを吉原から運びだしていった。

「見せしめとはいえ、哀れなものでございますな」

見送った三浦屋四郎右衛門が、小さな声でつぶやいた。

「いたしかたありますまい。我らが護るべきは、吉原の遊女のみ。同じ苦界《くがい》に身を落としたとはいえ、岡場所の女まで手を伸ばす義理はございませぬ」

惣名主としての顔で西田屋甚右衛門が答えた。

五十間道《ごじっけんみち》をつっきると左へ曲がった一行は、駕籠につきそうように川沿いをのぼっていった。江戸市中への早道は、日本堤からあぜ道に入り浅草へと抜ける方法だが、駕籠で通ることはできない。

「目黄《めき》不動の角を左に折れて、まっすぐ行くぞ」

彦也はできるだけ他人目の多いところを選んだ。

「へい」

駕籠を舁《か》いている忘八が首肯した。

縁日でなくとも目黄不動の参拝客は絶えない。そこまでいけば、いかに無法な岡場所の連中といえども手出しはしにくくなる。

「あと少し……」

励ましの声を掛けかけた彦也が口を閉じた。

「待ち伏せとは、おつなまねをしてくれるぜ」

金杉《かなすぎ》村にさしかかったところで、男たちが湧きでてきた。

「数できやがったか」

二十名近い敵に、さすがの彦也も緊張した。

「人でなしども、だまって女を置いていきゃあ、目こぼししてくれる」

口上を述べたのは熊であった。

合わせたように、岡場所の男たちが忘八たちの周囲に散った。

駕籠を護りながら、戦うのは忘八でも難しい。

「野郎ども、遠慮はいらねえ。忘八には人別がない。人でない者を殺したって罪には問われねえって寸法よ」

「そいつあ、つごうがいい」

「さっきの恨み、はらさせてもらうぜ」

匕首を抜いて、男たちがくらい笑いを浮かべた。

「逃げだすのを待つことなんぞありやせんよ。さっさとやっちまいやしょう」

ひときわ大柄な男が匕首を振って見せた。

「女をわたすな。廓へ戻れ」

わざと彦也はせっぱ詰まった声を出してみせた。

「させるか。やっちまえ」

熊の合図で、男たちがいっせいにかかってきた。

「甘い」

匕首を腰だめに突っこんでくる男へ、彦也が足払いをかけた。

「う、うわっ」

勢いのまま転んだ男が、己の匕首で腕を傷つけ、悲鳴をあげた。

「やろう」

続けてかかってくる男たちをまとめてさばきながら、彦也は周囲に目を走らせた。

すでに駕籠はすべて地に降ろされていた。

「くそっ」

駕籠から離れずにいた忘八の一人が、匕首に肩をかすられた。

死人と化していても、痛みは消えてくれない。傷は動かすたびにうずき、忘八の動きを鈍くした。

「正弥《まさや》、下がれ」

彦也が叫んだ。

多勢に無勢、忘八たちの傷は増え、戦いかたも荒くなっていった。

「この野郎」

背後から近づいてきた男を気配だけで感じた彦也が、振り返ることもなく蹴りとばした。

「退くぞ」

すでに女たちは駕籠から助け出されている。これ以上の抵抗は無駄であった。彦也が手を振った。

手負いをかばいながら忘八たちが、吉原へ向かって駆けだした。

「逃がすものか」

男たちが後を追ってくるのを彦也はあしらいながら、助蔵の位置を確認した。

助蔵は争いに紛れて、金杉村へ入りこんでいた。

「ふっ」

彦也は小さく笑うと、すがってきた男に強烈な体当たりをくらわした。

「ぐえっ」

胃のなかのものを吐きだしながら、男が転げまわって苦悶《くもん》した。

「ちっ」

続いて彦也を襲おうとした男が仲間の身体に邪魔されてたたらをふんだ。

その隙に彦也たちは、背を向けた。

「もういい。女は取り返した。戻るぞ」

熊が男たちを集めた。

吉原に戻った彦也たちは、目立たないように会所の奥へ引っこんだ。

「やられたな」

急を聞いて駆けつけた三浦屋四郎右衛門が、ため息を漏らした。

「六人が傷を負いやした」

申しわけなさそうに彦也が告げた。

「医者を」

「ありがとうございやす」

彦也が礼を述べた。医者を呼ぶにも金がかかる。忘八は女と違って金を生み出すことはない。病にかかっても放置される定めであった。

「廓のために働いたでありんすえ。遠慮はいりやせん」

明雀が顔を出した。

三浦屋四郎右衛門方の格子女郎《こうしじょろう》明雀は、吉原雀として遊女と忘八すべてを統括している。二代目高尾太夫《たかおだゆう》と旗本板倉重昌《いたくらしげまさ》の間に生を受けた明雀は、吉原の掟《おきて》として遊女になったが、格別のあつかいとして、惣名主西田屋甚右衛門をもこえる権威を持つ吉原雀の地位を受けていた。

「……お情けにすがらせていただきやす」

低頭した彦也が、傷ついた忘八たちへ振り向いた。

「治るまで、休んでいろ」

怪我《けが》の軽い者は自力で、重い者は戸板に乗せられて会所を後にした。

「かわいそうなことをいたしやんしたなあ」

明雀が咎めるような目で三浦屋四郎右衛門を見た。

「仁座《じんざ》は、もちやせんでしょう。あと光蔵《こうぞう》と志多《した》は、治ってもまともに動けますまい」

「忘八は吉原のためにあるのでございますよ。雀さま」

三浦屋四郎右衛門も女の身体を切り売りして生きている吉原の住人である。明雀へ敬語を使っていた。

「岡場所の女など放っておけばよろしいのではござんせんか」

静かに明雀は詰問した。

「吉原は客と遊女を相対に、かりそめながら夫婦となしやんす。他の遊廓のように誰ともわからぬ者と身体をかわすだけとは違いやんす。吉原の遊女と客の間にあるのは、欲ではなく、情。情で繋がった者に他人が入る余地などござんせん。寝ころんで股を開くだけの女など相手にすることなどありんせん」

吉原を代表する太夫には松の位、十万石格が与えられるという。かつて天皇や将軍の枕元に侍《はべ》った白拍子の系譜を継ぐ誇りをもって、明雀が断じた。

「ではございましょうが、水は低きに流れると申しまする。端《はした》な金で女を抱ける。そんな場所が増えれば、吉原でそう安くない金を使うのが惜しくなるのも人情。一穴は見つけたときに塞《ふさ》いでおかねば、堤を崩すもととなりかねませぬ」

三浦屋四郎右衛門が明雀の意見に反対した。

「毛を吹いて傷を深くなさいますな」

明雀は、三浦屋四郎右衛門に釘《くぎ》を刺して、会所を去っていった。

「そうか、明雀さまがな」

話を聞いた西田屋甚右衛門が、苦い顔をした。

「客の数も問題ではありまするが、それより、吉原の権威こそ重要。ささいなことが、御免色里の価値を削りかねませぬ」

吉原惣名主、家康から直接許しを得た初代西田屋庄司甚右衛門の血を引く者として、西田屋甚右衛門は決意した。

「乗りかかったどころか、こちらから出した船でございまする。いまさら降りては相手の思うがまま。助蔵の報告を待って、人を出しましょう。吉原の決意を見せつけてやらねばなりませぬ」

「はい」

三浦屋四郎右衛門もうなずいた。

助蔵が戻ったのは、すでに日が落ちた夜であった。昼夜見世が許されている吉原である。客足は少し落ちてはいるが、多忙なことには変わりない。助蔵の報告は、すべての見世が眠りにつく大引けまで放置された。

「そうか……」

助蔵の話を聞いた三浦屋四郎右衛門が、沈思した。

「明雀さまは……」

となりにいた西田屋甚右衛門が問うた。

「馴染みのお客さまと京町の揚屋《あげや》藤間さんへ」

三浦屋四郎右衛門が応えた。

揚屋は吉原独自のしきたりであった。線香一本いくらで買う端女郎は別にして、格子女郎と太夫は、揚屋と呼ばれる貸座敷へ呼びだして遊ぶのが決まりであった。

当然遊女の揚げ代のほかに、飲食代、貸座敷代、揚屋への祝儀とかなりの費用がかかる。これも吉原から客足を遠のかせる原因であったが、すっかり組みあがってしまったやり方は、多くのしがらみを生み、変革を拒否し続けていた。

「ちょうどいい」

西田屋甚右衛門が普段決して見せない酷薄な表情を浮かべた。

「吉原惣名主として、忘八衆に命じる」

「へい」

その場にいた彦也たち忘八たちが膝を突いた。

「三崎を襲え。女を取り返すのだ」

「承りやした」

彦也が承諾した。

「吉原雀さまには、事後承諾していただく。かならずやり遂げなさい」

「よろしいので……あまり派手にしては、町方も敵に回すことになりかねませぬ」

三浦屋四郎右衛門が危惧を表した。

「日中、吉原の駕籠を襲ったのは、三崎の連中。それを見て見ぬふりをしたのが町方役人。表沙汰《おもてざた》になって困るのはあちらでございますぞ。人死にさえ出さねば、奉行所は動きますまい。吉原にちょっかいをかけている輩《やから》に、灸《きゅう》をすえてやらねばなりませぬ。なんのために月一千両もお上にさしだしているのでございまする」

西田屋甚右衛門の決意は揺らがなかった。

「聞いたか、惣名主さまのご命令だ。下手打つんじゃねえぞ」

「がってん」

「へい」

彦也の檄《げき》に一同が唱和した。

「まずは、大門を見張ってる連中を片づけてこい。猿吉《さるきち》、日吉《ひよし》、定《さだ》、行け」

「おまかせを」

三人の忘八が、彦也の指示で出ていった。

大門とは逆になる浅草溜《だまり》側の隠し扉から抜け出た忘八たちは、吉原の動向を見張っていた岡場所の男たちを背後から襲い、あっさりと倒した。

「よし」

大門脇《わき》の潜門が音もなく開き、二十名をこえる忘八たちが夜の江戸へと出ていった。

三

「この気配は……殺気」

西田屋甚右衛門の離れで、織江緋之介は目をさました。

将軍家剣術指南役小野家の末子として生まれた緋之介は、父次郎右衛門忠常だけでなく、叔父小野忠也、さらに柳生十兵衛三厳の薫陶を受けた剣術遣いである。深く眠りについていようとも、気配には敏感であった。

「またもや、吉原が襲われるか」

かつて吉原は、家康の遺《のこ》した秘宝を巡って、ときの老中松平伊豆守信綱と争い、その手の者による襲撃を受けた。騒動に巻きこまれた緋之介は、いきがかりじょう吉原へ荷担して戦い、松平伊豆守の野望を阻止した。

江戸に幕府の手がおよばぬ場所があることを許せなかった松平伊豆守は、その後も吉原へ手出しをしてきたが、緋之介によってはばまれ続けた。

宿敵松平伊豆守は病に倒れたが、吉原へ魔手を伸ばす者はまだいる。いつ襲われても不思議ではなかった。

「いや、殺気が遠ざかる。これは、吉原から出た」

音もなく夜具から出た緋之介は、すばやく身支度を調《ととの》えると両刀を腰に差した。

「お目覚めでございましたか」

襖の外から声がかかった。

「西田屋どのか。どうぞ」

緋之介は、すぐに応じた。

「ご無礼をいたしまする」

静かに襖を開けて、西田屋甚右衛門が入ってきた。

「隠せませぬな」

すっかり外出の用意をした緋之介に、西田屋甚右衛門が苦笑した。

「なにかござったので」

いつでもとびだせるように、緋之介は立ったまま問うた。

「隠し売女狩りでございまするよ」

あっさりと西田屋甚右衛門が教えた。

「……隠し売女でござるか」

すでに吉原に居着いて数年になる。緋之介もかなり事情に詳しくなっていた。

「吉原から出向くとは、めずらしい」

「お奉行所がやってくださいませぬゆえ、やむをえず」

淡々と西田屋甚右衛門が述べた。

「ならば、拙者《せっしゃ》も……」

足を踏みだそうとした緋之介を、西田屋甚右衛門が冷たい声で止めた。

「おかまいをくださりませぬよう。これは廓内のこと。織江さまにはかかわりがございませせぬ」

「……西田屋どの」

初めて見る西田屋甚右衛門の拒絶に、緋之介はとまどった。

「織江さま、おまちがえになっておられませぬか」

固まったように動かない緋之介を見あげながら、西田屋甚右衛門が語り始めた。

「この離れにお住まいであろうとも、織江さまは吉原の住人ではございませぬ」

「なにを言われるか。拙者は……」

「その後をお口になさいますな。ご身分にかかわりまする」

いっそう口調を氷のようにして、西田屋甚右衛門がさえぎった。

「我らは人ではございませぬ」

西田屋甚右衛門が続けた。

「家康さまのお墨付きをいただき、大門内は世俗の権がおよばぬところとされておりまするのは、ぎゃくなのでございますよ。大門内は常世ならず。廓内におるのは、遊女、忘八と人別も誇りもすべて失った者ばかり。いっときの遊びのため、出入りすることは許されても、住むには人を捨てねばなりませぬ。織江さま。捨てられまするか」

凍《い》てつくような瞳を西田屋甚右衛門が向けてきた。

「……………」

緋之介は、背筋が怖気《おぞけ》たつのを感じた。

「将軍家剣術指南役の血筋、旗本としての系譜、いや、武士という身分。いや、そのようなものに拘泥《こうでい》してはおられぬとおっしゃられましょう。ならば、小野次郎右衛門忠常さま、小野忠也さまとの絆《きずな》を、光圀さまとのおつきあいを、真弓さまとの縁を捨て去られまするか」

「うっ……」

「亡くなられた柳生織江《おりえ》さま、ものの数にいれるも無礼なことながら、御影《みかげ》太夫、桔《き》梗《きょう》らの思い出を捨てられまするか」

西田屋甚右衛門が止《とど》めを刺した。

「吉原の住人となるということは、いままでのすべてを失うことなのでございまする。それができるのは死人だけでございましょう。織江さま、死人になれまするか」

「……………」

緋之介は、言葉もなかった。

「織江さまの覚悟を疑っているわけではございませぬ。人を斬る心構えというのは、なまじのものではございませぬでしょう。そこらの、大名でございと先祖の功績にあぐらをかいているお歴々さまには、とうていできますまい」

表情を変えず、西田屋甚右衛門が続けた。

「でございますが、剣の覚悟と、死人になる覚悟、これは別もので。いえ、違います。死人には覚悟さえ不要でございました」

西田屋甚右衛門は、緋之介に拠《よ》って立つ場所からして違うのだと語った。

「どうぞ、ゆっくりとお休みを」

悄然《しょうぜん》としている緋之介を残して、西田屋甚右衛門が離れを出た。

居室へ戻った西田屋甚右衛門は、そこに明雀の姿を見つけて驚愕《きょうがく》した。

「吉原雀さま……」

今夜のことは十分な口止めをしたはずであった。わざわざ明雀の居場所まで確認したほど厳重だったが、漏れていた。

「廓内でおこることは、すべてあちきの耳に届きやんすえ」

寝乱れたままの姿で、明雀が西田屋甚右衛門を小さくにらんだ。

「いかにきみがててての念押しでも、無駄でありんす」

「ぬかりましたな。忘八どもが、吉原惣名主の口止めを破るとは……」

西田屋甚右衛門が憤慨して見せた。

「おやめなんし」

明雀が手を振った。

「きみがてて、すべてお考えのうえでござんしょう」

すっと明雀の目がすがめられた。

「普段、吉原から手を出すことのない岡場所。普段ならば、町奉行所に任せて、こちらは女が払い下げられるのを待つだけ……。わざと動かれたでありんすな」

「ばれておりましたか。明雀さまには隠しおおせませんな」

指摘された西田屋甚右衛門が苦笑した。

「はい。吉原のもつ特権を奪おうとしている振りをしながら、そのじつ織江さまを狙《ねら》っている連中をあぶり出すには、こうするしかございませんでした」

「光圀さまとのかかわりを案じて、あちきをはずしてくださったのでありんしょうが、それはつれない仕打ちでござんすよ。織江さまのことは、吉原全部が望んでいること。あちきにもぜひ手伝わせていただきとうありんす」

少し膨れて明雀が拗《す》ねた。

「申しわけのないことをいたしました」

西田屋甚右衛門が詫びた。

「光圀さまのお妹御真弓さまとのご婚礼が決まった以上、織江さまには吉原を出ていただかなければなりませぬ。廓内は無縁。婚姻という縁を外にもたれる以上、織江さまは常世へ戻られる。そうでなくとも敵の多いお方。わたくしどもにいつまでもかかわっておられれば、かならずや足をすくわれる日が参りましょう」

離れのほうへ目をやりながら西田屋甚右衛門が言った。

「あい。人でさえない吉原の遊女や忘八、そのなかに埋もれさせるには、あまりに織江さまはまっすぐでありんすわいな」

明雀も同意した。

「光圀さまは、あくまでもあちきの客として、廓とつながっておられるだけ。織江さまとは立場が違う。今までは得体の知れぬ浪人者ですんでいやんしたが、お旗本としてご出仕なさるとなれば、そうもいきやせん」

「はい」

西田屋甚右衛門が首肯した。

「冷たいようではありんすが、織江さまには出ていっていただかねば……」

「身内を失うのは、つらいことでございますな」

人別もなく、人としてのあつかいを受けられない吉原の住人たちは、それだけに強固なつながりを持っていた。元吉原のころから寄寓《きぐう》し、廓の危機に身をていして戦ってくれた緋之介のことを、みな仲間だと受けいれていた。

「幕は開いてしまった……」

「はい。芝居が終わるまで帳をおろすわけには参りませぬ」

強い意思を見せて、西田屋甚右衛門が首を縦に振った。

強く諌《いさ》められ、引き下がるしかなかった緋之介は、まんじりともできずにいた。

「匂いが違っている」

緋之介は、離れの匂いに気づいた。

「今まで気にならなかったのに」

他人の家を訪れたときのような、よそよそしい雰囲気を緋之介は感じ、とまどった。

「…………」

緋之介は言葉を失った。

柳生十兵衛の仇という濡《ぬ》れ衣《ぎぬ》を着せられ、大和を逐電した緋之介を、吉原は迎え入れてくれた。明暦元年（一六五五）以来、吉原は緋之介の居場所であった。

「たいせつな者をもってしまったからなのか」

緋之介は、生涯をともにすると決めた真弓の顔を浮かべた。

真弓は、水戸徳川家初代頼房《よりふさ》が、たわむれに手をつけた女が産んだ娘である。長く水戸家の姫としてあつかわれず、日陰に置かれていた。緋之介の知己《ちき》である光圀をつうじて知りあい、ついには許嫁《いいなずけ》となった。

「失うことを怖れる。それは生きていることの証《あかし》。死人にはないもの。無縁の地吉原ではありえぬことか」

独りごちた緋之介は、身体のなかから吹きすさぶ寂しさに震えた。

「これも失うことの恐怖か」

緋之介は己を嘲笑するしかなかった。

とうとう一睡もできなかった緋之介に、人の出入りの気配が伝わってきた。

「まだ夜は明けておらぬとなれば、客ではないな」

離れに設けられている月見障子から光は入ってきていなかった。

「帰ってきたか、忘八たちが」

起きあがろうとして緋之介は、ふたたび夜具に横たわった。

「もうかかわることは許されぬか」

緋之介の嘆息は離れに消えるしかなかった。


大門を潜った右手にある会所は、三浦屋四郎右衛門の管轄であり、吉原すべての治安を担っていた。そこへ三崎築地の岡場所を襲撃した忘八たちが戻ってきた。

「ごくろうだったな」

見世に戻ることなく待っていた三浦屋四郎右衛門が、出迎えた。

「これは旦那……おそれいりやす」

彦也が頭をさげた。

「どうやら、うまくいったようだね」

「女たちは大番屋へ預けてめえりやした」

「まちがいないと思うが、金は……」

「当番は南の市岡《いちおか》さまでございやしたので、十両お渡しいたしておきやした」

抜かりはないと彦也が報告した。

「市岡さまか。あの方なら大丈夫だねえ。ちゃんとものの道理をわきまえておられるから」

吉原の道理とは、金にしたがうということである。

「で、馬鹿をしでかしてくれた連中には、ちゃんとしつけをしたかい」

「へい。岡場所には思いしらせてやりやした」

三浦屋四郎右衛門の問いに、彦也がうなずいた。

「客には危害をくわえていないだろうねえ」

「もちろんでござんす」

力強く彦也がうなずいた。

夜中のうえ、岡場所は御法度である。吉原の忘八が暴れこんだところで、町奉行所は出張《でば》ることはない。ただ、かかわりのない客に傷を負わせたとなると、町奉行所も黙ってはいなくなる。

「結構。下がって休みなさいと言いたいところだが、そろそろ早立ちのお客さまのお帰りだ。このまま一日気張っておくれ」

「承知しておりやす。おい、見世に戻るぞ」

「へい」

忘八たちは疲れを知らぬ者のように、意気軒昂《けんこう》であった。

「わずかだけどね、朝餉《あさげ》を用意してある。といっても炊きたての飯と味噌汁《みそしる》だけだが、食べなさい」

三浦屋四郎右衛門が、告げた。

本来吉原は遊女たちが眠りから覚める昼と、客たちが寝入った夜半の一日二食であった。三浦屋四郎右衛門は、忘八たちへのねぎらいとして慣習にはない朝餉を用意していた。

「こいつは、かたじけないことで。皆、旦那のお心遣いだ。いただくぜ」

彦也が頭をさげ、忘八たちも口々に礼を述べた。

「これでいけますかな」

三浦屋四郎右衛門が問うた。

「もう一手打っておくべきでしょうなあ」

黙って遣《や》り取りを見ていた西田屋甚右衛門が、忘八たちの姿が消えるのを待っていたかのように言った。

「今後、要らぬちょっかいを出されぬためにも……」

「どのような手を……」

「紀州さまに願いましょう」

「……頼宣さまを」

三浦屋四郎右衛門が絶句した。

紀州権大納言頼宣は、徳川家康の十男である。家康からもっとも愛された息子として、畏怖《いふ》されると同時に、将軍の座を狙う者として、幕閣より忌避《きひ》されていた。

「頼宣さまが動いてくださるのでございましょうか。いくらなんでも御三家を金でどうこうはできますまいに」

かつて血気盛んなころ、頼宣も吉原に足繁くかよっていた。馴染みの遊女もいたが、由井正雪《ゆいしょうせつ》謀反《むほん》の一件によって、謹慎を命じられて以来、つきあいはなくなっていた。

「申しあげてはおりませなんだ。じつは、頼宣さまがお見えになられたので」

「なんと、登楼なされたと」

聞いた三浦屋四郎右衛門が、驚いた。

「といっても、遊女を揚げられたわけではございませぬ。織江さまに会いたいと」

「織江さまに……」

「はい。表向きは織江さまと水戸の真弓さまのご婚礼祝いと仰せでございましたが、実際は光圀さまへ釘を刺しに来られた」

西田屋甚右衛門が経緯を語った。

「なるほど。今は雌伏しているが、いずれ将軍は紀州から出す。水戸は出しゃばるなと」

すぐに三浦屋四郎右衛門は、頼宣の真意に気づいた。

家康から兄弟随一の寵愛《ちょうあい》を受けた頼宣は、将軍の座も欲しがった。しかし、すでに二代将軍の座には兄秀忠が就き、三代も家光のものと決定していた。そこで頼宣は、己が諦《あきら》める代わりに、子孫を将軍にすると決心した。その意思表示を光圀、いや同じ母から生まれた兄弟である水戸徳川家に突きつけるため、緋之介を口実としたのであった。

「しかし、それと今回の隠し売女のことはどこでつながりまするので」

三浦屋四郎右衛門が首をかしげた。

「吉原を売りつけにまいります」

「……吉原を」

さすがの三浦屋四郎右衛門も西田屋甚右衛門の考えが理解できなかった。

「三浦屋さん、肚《はら》をくってもらいますよ」

西田屋甚右衛門が、真剣な目で言った。

「肚を……どういうことで……」

三浦屋四郎右衛門が、警戒をあらわにした。

「じつは……」

頼宣がふたたび訪れてきたことを西田屋甚右衛門が語った。もちろんのこと、春日局の話は隠している。さすがに三浦屋四郎右衛門とはいえ、告げることはできなかった。

「なんと」

頼宣から敵か味方かとせまられたことを聞いて、三浦屋四郎右衛門が絶句した。

「三浦屋さん、吉原がこのままでは、じり貧になることはおわかりでございましょう」

静かな声で西田屋甚右衛門が説得を始めた。

栄耀栄華を極めているかのように見える不夜城吉原の屋台骨は大きく傾いていた。浅草田圃という江戸のはずれへ追いやられた影響がゆっくりと吉原を侵していた。代わりに昼夜見世が許されたとしても、江戸の中心にあったころにくらべると客足は減った。

「太夫も作れなくなりました」

西田屋甚右衛門が重い声を出した。

いまでも吉原には太夫の位を誇る遊女が何人もいる。しかし、西田屋甚右衛門が言っているのは、二代目高尾太夫のような江戸中の男が憧れるような美姫であった。

本来、太夫とは大名や公家の枕頭《ちんとう》に侍るにふさわしいだけの格式を備えた遊女でなければならなかった。容姿がずば抜けて美しいことはもちろん、茶道、詩歌、古典につうじ、どんな知識人とも対等に会話できるだけの教養を身につけていなければならなかった。遊廓に売られてくる女をそこまで育てあげるには、莫大な金と暇がかかる。元吉原のころはなんとかなった。戦場を失った大名たちが、一族郎党の命と引き替えに得た領地をかたむけてでも、一人の太夫に溺《おぼ》れてくれた。大名の後は大商人たちが継いだ。だが、それも吉原が移転するまでの話であった。一夜の遊びのために、ちょっとした日帰り旅ほどの距離を行かねばならなくなってから、上客の訪問が減った。月に一度太夫をあげて一夜遊ぶ金で、一軒家を借りて妾《めかけ》を囲うだけの金が出るのだ。銭勘定に敏《さと》い商人が、吉原から離れるのは当然であった。

真の太夫の価値を知り、一夜に数十両の金を費やしてくれる客がいなくなれば、出てくるのは名前だけの似非《えせ》にならざるを得ない。今吉原にいる太夫は、ただ美しいだけの飾りに堕ちつつあった。

「金の問題ではございませぬ」

客の入りが主眼ではないと西田屋甚右衛門が念を押した。

「我が国唯一の、将軍公認遊廓の格が保てぬと申しあげておりますので」

家康によって、許された遊廓が、そのへんの岡場所や宿場と同じところまで堕ちることはできなかった。

「しかし、本来庇護《ひご》してくださるはずの、お上が冷たい」

「…………」

たったいま隠し売女の一件を始末したばかりである。三浦屋四郎右衛門は反論できなかった。

「お上がだめならば、代わるお方を捜さざるをえますまい」

「それが紀州さまだと」

三浦屋四郎右衛門が確認した。

「はい」

西田屋甚右衛門は首肯した。

「よ、よろしいのか」

聞いた三浦屋四郎右衛門が、目を見張った。

「吉原は神君家康さまのお墨付きをもってお上の庇護を受けておりまする。それをなくされるおつもりか。いかに家康さまのご子息とはいえ、紀州さまは分家。紀州さまに味方するということは、お上だけではなく、尾張さま、水戸さまをも敵にまわすこと」

「承知のうえでございまする」

顔色も変えず西田屋甚右衛門はうなずいた。

「三浦屋さん。いまのままで吉原は生き残れましょうか。家康さまのお墨付きがあるにもかかわらず、ここ近年のお上のなされようは、いかがでござる」

「ううむ」

「吉原など潰れてしまえと言わぬばかりのなさりよう。この度《たび》の三崎築地の一件も、後ろで糸を引いているのは、お上のどなたか」

西田屋甚右衛門はそれが阿部豊後守だと知っている。

「…………」

無言で三浦屋四郎右衛門が同意した。

「家康さまのお墨付きさえ無視するようなお上にいつまでもすがっていてはおれますまい。あちらが権を使うならば、こちらも力を頼らねばなりませぬ」

お墨付きなどないことを西田屋甚右衛門はおくびにも出さなかった。家康が与えたご免状とは書きものではなく、春日局であった。吉原出身の遊女が三代将軍家光の母、家康の種を受けた春日局であることこそお墨付きであり、これは代々の西田屋だけが受けつぐ秘事中の秘事であった。

「それはそうでござるが……」

「なればこそ、始祖庄司甚右衛門の先例にならおうと思いまする」

「先例でございますか」

「はい。庄司甚右衛門が関ヶ原の合戦に向かう家康さまへ戦勝祈願をした。これは、まだ天下の主《あるじ》が豊臣であったころに、家康さまを先物買いしたこと。なれば、私は紀州さまの将来を買わせていただこうと」

「何年先になるやも、あるいは、永久にならぬやも知れぬことに、吉原の命運をかけると言われるか」

三浦屋四郎右衛門が、うなった。

「吉原百年の安泰を求めるには、そうするしかございますまい」

きっぱりと西田屋甚右衛門が宣した。

「悠長にときを遣うわけには参りませぬぞ。おそらく明日にはお上からお呼び出しが来ましょうほどに」

西田屋甚右衛門が急《せ》かした。

「吉原がそこらの岡場所と同様に落ちるか、女の砦《とりで》として生き残るか……」

じっと三浦屋四郎右衛門が西田屋甚右衛門を見た。西田屋甚右衛門も目をそらさなかった。

「……よろしゅうございましょう。吉原を作ったのは庄司甚右衛門さま。その血脈を受けつぐ惣名主さまの決断に、この三浦屋四郎右衛門は同心いたしまする」

「ありがとうございまする。では、早速に」

その場から西田屋甚右衛門は、紀州家中屋敷へと向かった。

四

徳川頼宣が起居する紀州家の中屋敷は、八丁堀に近い赤坂喰違《くいちがい》御門外にあった。

夜半を過ぎていたにもかかわらず、潜りを叩いて案内を請うた西田屋甚右衛門は、あっさりと客間へとおされた。西田屋甚右衛門は、なかに入らず、客間前の廊下で控えた。

「思ったより遅かったな」

頼宣が、寝間着で現れた。

「遅くにおじゃまをいたしまして……」

「よせ、あいさつなど無駄なことだ。で、吉原は儂《わし》に与《くみ》する気になったのだな」

用件を頼宣が問うた。

「おわかりでございましたか」

「あたりまえだ。儂が種をまいたのだ。それを育てるかどうかは、そちらに任せたとはいえな」

頼宣が笑った。

「吉原のすべて、紀州さまにお預けいたしまする」

あらためて西田屋甚右衛門が言上した。

「よいのか、何代、何十年先に、いや、末代までならぬやも知れぬぞ」

念を押すように頼宣が訊いた。

「遊女に真《まこと》がないように、惣名主に嘘《うそ》はございませぬ」

「そうか」

ゆっくりと頼宣が首肯した。

「情を交わした女との間に、男は壁を作れぬ。また、秘密にしなければならぬことほどしゃべりたくなるもの。吉原の大門内に囚《とら》われ、外へ出ていくこともかなわぬ遊女は、そういう男にとってまさにつごうがよい。なにを話したところで、漏れる心配はないと思いこんでおるからな。吉原ほど世間の裏を知るところはない」

「…………」

西田屋甚右衛門は反応しなかった。遊女屋の主として睦言《むつごと》が外に伝わるとは認められなかった。

「吉原雀はよいのか。廓内のすべてにつうじるという遊女。水戸の若殿が想い人ではなかったか」

「大事ございませぬ。吉原雀といえども吉原の総意にはさからえませぬ」

明雀を頼宣が知っていることに、西田屋甚右衛門は驚かなかった。淡々と述べた。

「総意とは大きく出たな」

「吉原存亡にかかわること、惣名主が決めたことへの反発はしきたりとして許されませぬ」

はっきりと西田屋甚右衛門が断じた。

「たいした自信だの。では、その惣名主どのに問うとしようか」

頼宣が目をすがめた。

「小野の息子はどうする気だ。あやつは思いどおりになるまい。馬鹿だからの」

「…………」

一息吸って西田屋甚右衛門が答えた。

「あのお方は吉原の者ではございませぬ」

「……そうか」

それ以上頼宣は追及しなかった。

「仁左衛門《じんざえもん》」

頼宣が呼んだ。

「これに」

頼宣の背後に影が湧《わ》いた。

「うっ……」

西田屋甚右衛門は息をのんだ。隠れる所はもちろん、入ってくる扉さえないところから人が現れたことに、西田屋甚右衛門は驚愕を隠せなかった。

「玉込め役斎藤《さいとう》仁左衛門じゃ。この者が今後、そなたとのつなぎを務める」

振り返ることなく頼宣が紹介した。

「斎藤仁左衛門でござる。見知りおかれよ」

頼宣の陰からにじりでて、斎藤仁左衛門が挨拶《あいさつ》をした。

「西田屋甚右衛門でございまする」

ていねいに頭をさげた西田屋甚右衛門は、頼宣の意図を悟って震えを禁じられなかった。気配をまったく感じさせず、現れた斎藤の真の役目がつなぎなどではないことは自明の理である。斎藤は西田屋甚右衛門、いや吉原が裏切らないようにとの監視役であった。

「ところで、西田屋」

斎藤の実力を見せつけておいて、頼宣が口を開いた。

「吉原によき女はおらぬか」

「女でございまするか」

西田屋甚右衛門は、頼宣が言った女が妓のことではないとさとった。

「そうじゃ。はらみがよく、健康な女よ」

遊女にはらみを求めるのは、矛盾であったが、頼宣は気にした様子もなかった。

「はらみがよいかどうか、わかりませぬが。昨日わたくしどもの見世へ奉公にあがったばかりの者がおりまする。駿河《するが》から参った商家の娘でございまするが、なかなか肉《しし》おきもよく、丈夫そうでございまする」

「そうか。それはいい。西田屋。その女、儂がもらう。名は」

「吉《よし》と申しまする。ならば、お屋敷まで……」

「いや、そちらに預けおき、余がかよう」

頼宣が西田屋甚右衛門の話を止めた。

「神君家康公のまねをいたしてみようと思う」

「ま、まさか……」

西田屋甚右衛門は頼宣の意図を読んだ。頼宣は家康と春日局の故事にならい、遊女に子を産ませると言ったのである。

「紀州さまには、りっぱなお世継ぎが……」

「光貞《みつさだ》か。あれには覇気がない。儂が松平伊豆守に咎められたときも、唯々諾々としたがいおった。とても天下を狙う器ではない。紀州の跡継ぎとしても不満じゃ。せいぜい十万石よ」

あっさりと頼宣が長男光貞を切ってすてた。

「他にもお子さまはおられましょう」

頼宣には光貞の他に修理、頼純《よりずみ》の男子二人がいた。

「次男修理は早くに死しておる。三男頼純は、光貞に輪を掛けた小者よ。儂の血からあのような者たちが生まれるとは、情けなきことだ」

小さく頼宣が首を振った。

「そこで儂はもう一度子を作ろうと思うのだ。それも我が藩の屋敷で育てては、若さまとしてたいせつに育てられ、光貞、頼純の二の舞になろう。しかし、常世ならぬ吉原で育てば、変わるであろ」

「生まれたお子さまが女ならば、親がどうあれ遊女となるのが定めでございまする」

「かまわぬ。女ならば、西田屋の思うがままにせよ。紀州家とはいっさいかかわりないことだ。ただ、男が生まれたならば、吉原のすべてを使って育てよ」

頼宣がきびしく命じた。

「吉原で男が生まれ、成人いたせば、それは、儂の三人目の息子よ」

早くに死んだ次男を数にいれなければそうなる。それを聞いた西田屋甚右衛門が、息をのんだ。家康のあと天下を受けついだのは、三男の秀忠である。頼宣は、家康をなぞろうとしていた。

「もちろん生まれた息子の代で将軍となれる保証は、さきほども申したようにない。そのときは、息子に女をあてがえ。その血筋を絶やすことのないようにいたせ。さすれば、紀州は吉原を未来永劫庇護してつかわす。斎藤」

忠実な家臣へ、頼宣が合図した。

「これを……」

斎藤が書付を取りだした。

「駿河国に残した我が隠し田よ。家康公が儂に直接くださったものでな。兄秀忠も知らぬ。五千石ほどのあがりがあろうかの。これを傅育《ふいく》としてくれてやる。あと、我が血筋が本家に戻ったとき、吉原には格別の配慮があろう」

頼宣が述べた。

「承知つかまつりました」

西田屋甚右衛門には、承諾するほかなかった。

「さて、儂は眠る。帰るがいい」

「紀州さま……」

西田屋甚右衛門が焦った。何一つ吉原の要求を伝えていなかった。

「お待ちを。殿はすべてご承知であられまする」

腰を浮かせた西田屋甚右衛門に向かって斎藤仁左衛門が手を挙げて諌《いさ》めた。

「ご存じだと」

「はい。すでに町奉行所へは、手を打っておりまする」

斎藤仁左衛門が首肯した。町奉行と言わず奉行所と口にしたところに、西田屋甚右衛門は、紀州の手配が的を射ていることを見て取った。

「ありがとうございまする」

「西田屋」

部屋を出かかった頼宣が、足を止めた。

「豊後守あたりの浅知恵など、怖《おそ》れるにあたらぬ」

「やはり阿部豊後守さまが」

「吉原から御免の特権を取りあげるとなれば、豊後一人ではどうにもならぬ。老中評定の決定が要る。豊後がどれほど権を振るおうとも、大権現神君家康公の残されたものに逆らうだけの肚《はら》をもった老中は他におらぬわ。なればこそ、町奉行あたりに手を出し、姑息《こそく》なまねをしてのける」

頼宣が鼻で笑った。

「……おそれいりまする」

西田屋甚右衛門が頭をさげた。

「もっとも豊後の狙いは、吉原というより織江であろう。どうやら織江は、光圀の妹と婚したのち、家綱の側《そば》で仕えることに決まったらしい。それが、よほど豊後は気にくわぬのであろ。吉原に騒動を起こし、織江を巻きこんで、処断に持ちこみたいのだ」

　すべてを頼宣は知っていた。

「尻で出世したやつはそのていどよ。まあ、豊後が伊豆以上に名前を残したいと思うのは勝手だが、分をわきまえておらぬ。老中といえども将軍の家来でしかない。そこがわかっておらぬ。天下の権は我にありとのぼせあがるから、名を惜しむのだ。死んだあとまで名が残っているかどうかなど、あの世に行ってしまえば見ることもかなわぬのにな」

　頼宣は阿部豊後守を嘲笑した。

「年寄りに夜更かしはきつい。近いうちに参るぞ」

　今度は振り向くことなく、頼宣が去った。

「おやすみなさいませ」

　深く平伏しながら、西田屋甚右衛門は、緋之介を吉原から早急に離れさせねばと考えていた。

　頼宣の策は、吉原へ大きな変革を押しつけた。

終章

吉原から隠し売女を預かった市岡は、受けとった十両を懐《ふところ》のなかでもてあそんでいた。

「もう少し欲しいところだ」

市岡が漏らした。

町奉行所役人は、代々親から子へと受けつがれていく。滅多に出世することもなければ、左遷されることもない。そのせいか、ありとあらゆる事件への対応も子供のときから覚えさせられ、まさに血肉となっている。

「ことが終わった後、もう少し色をつけてもらうとするか」

岡場所への吉原の対応が慣例として問題ないことを市岡は理解していた。

「しかし、今のお奉行さまは、吉原への手助けを禁じておられる」

大番屋に設けられた仮牢のなかで震えている遊女たちを見ながら、市岡はつぶやいた。

「もちろんお奉行さまのお考えではない」

市岡は裏にもっと大きな権があることを知っていた。

「吉原は神君家康さまのお墨付きで、岡場所の女たちを手に入れることが認められている。それへ手出しをするほど、お奉行さまは、馬鹿ではない」

上司である町奉行のことを、市岡は尊敬していなかった。

町奉行は、同心たちと違い世襲職ではなかった。なかには十年をこえて任にある者もいるが、その多くは数年で大目付《おおめつけ》や留守居などに転じていく。

「さらに上を目指すならば、御用部屋のご機嫌はうかがわねばなるまい」

市岡は、下卑た笑いを浮かべた。

「かといって、御用部屋のお覚えめでたく、出世あるいは、加増を受けるのはお奉行さま一人のもの。我ら同心には一俵の加増もない。となれば……毎月十分な金を贈ってくれる相手をだいじにするのが道理よな」

町方同心や与力が、罪人をあつかう不浄職として一段低く見られるのに対し、町奉行は幕府でも一目置かれる重職として、旗本たちのあこがれの的である。役人たちは町奉行に従う振りをしながら、腹の底では舌を出していた。

「報《しら》せるのは、明日でいいな」

市岡は、囲炉裏《いろり》の側《そば》で横になった。

吉原に躍りこまれた三崎築地の主《あるじ》下総屋は、怪我《けが》した配下たちをほったらかして、上島常也のもとへ急いでいた。

「そうか、やったか」

上島常也は満足げにうなずいた。

「よし、おまえはすぐに大番屋へ行き、無法者に店が襲われ、女中が拐《かどわ》かされましたと届け出て参れ」

「よろしいので。町奉行所に報せて……」

岡場所は御法度《ごはっと》である。

「料理屋で届け出ているんだろうが。下手《へた》すれば、下総屋が捕まりかねなかった。実態などどうでもいいのだ。ようは形さえ整っていればいい。町奉行には話がいっている」

「ですが……」

「いい加減にしろ。虎穴に入らずんば虎児を得ずであろう」

危ない橋を渡らず、利だけを望もうとする下総屋に、上島常也はあきれた。

「まことに大丈夫で……」

「しつこい。おまえがせぬというなら、次に回すだけだ。いくらでも江戸の遊女屋を一手にしたいという者はいる。このまま吉原に女を取られて、泣き寝入りするがいい」

上島常也は、下総屋を突き放し、閨《ねや》へと足を向けた。

「だ、旦那《だんな》」

下総屋があわてた。このまま上島常也に見捨てられれば、終わりだった。

「二度とは言わぬ。下総屋、行け」

蹴《け》り出されるようにして、下総屋は上島常也の妾宅から南町奉行所へと向かった。

町奉行所は月番の間、深夜を問わず開いていた。

「お願いを……」

かけこんだ下総屋の訴えは、慣例に従い吟味方《ぎんみかた》与力へとあげられた。

町奉行の朝は早い。夜明けとともに目覚めると食事も摂《と》らず、隣接する公邸から奉行所へと廊下伝いに出勤、執務室で朝餉《あさげ》を摂りながら、宿直《とのい》していた与力の報告を受け、適応する指示を出すのである。

「本郷で火事がございましたが、加賀前田《まえだ》家の火消し人足の手で延焼はなく、無事鎮火……」

「うむ」

南町町奉行は八分づきの玄米を食しながら首肯《しゅこう》した。

「日本橋三丁目の商家伊豆屋《いずや》に鼠賊《そぞく》。家人を脅し、金八両三分二朱を奪って逃走。近隣の木戸番ならびに町役へ不審者の割り出しを命じておりまする」

「きっと捕縛いたせ。手抜かりは許さぬぞ」

町奉行が与力を叱咤《しった》した。

番方を歴任し、ようやく町奉行の要職を射止めた町奉行は、もう一つ上への昇格を目指していた。

役料三千石、天下の城下町を預かる町奉行職は、幕政においても重要な任を果たしている。評定所出役であった。評定所は、幕府の重要な政《まつりごと》を決したり、あるいは役人、大名の非違を判断する。評定に参加できることは、老中や若年寄たちの目に留まることでもあった。認められれば、町奉行から大目付や留守居などへ出世していくだけでなく、さらなる高見、大名を望むことも夢ではなかった。

「最後に、三崎築地の料理屋下総屋より、訴えがございました。昨夜半、吉原の忘八《ぼうはち》と思われる連中が、店を襲い、女中四名を掠《さら》っていったとのよし」

「なにっ。吉原だと」

汁を飲もうとしていた町奉行が、箸《はし》を落とした。

「はっ。下総屋はそのように申したてておりまするが、確定はいたしておりませぬ」

淡々と与力が告げた。

「吉原の忘八といえば、人別をはずされた者ぞ。その忘八が吉原外でことを起こすなど論外ではないか。ただちに捕り方を編成し、忘八どもを縛りあげよ」

町奉行が怒声をあげた。

「ご存じでございましょうが、町方は吉原の大門内には手出しをせぬことになっておりまする。吉原の内にて罪科あるときは、会所《かいしょ》あてに命じ、大門外にて受けとるのが慣例でございますれば、ひとまず……」

「悠長なことを申すな。よいか、これは奉行の命《めい》である。今すぐに人を出せ」

「神君家康さまのお墨付きをどうなされまするか」

引き下がることなく与力が問うた。

「そのようなもの、あとからどうにでもなる。日々汗を流して稼いだ金を湯水の如《ごと》く費やさせる。吉原などという悪所は江戸にあってはならぬのだ」

「……承知いたしましてございまする。なれど、ことは神君のお名前にかかわることなれば、下し書きをちょうだいいたしとう存じまする」

与力は町奉行の花押《かおう》を記した書付をくれと言った。

「なにを……僭越《せんえつ》な」

町奉行が真っ赤になった。

「きさま、儂《わし》の言葉に黙ってしたがっておればよいのだ」

「ご無礼を」

すっと与力が立ちあがった。

「吉原は町方の管轄でございまする。なれど、神君のご印物は評定所のおかかり。そちらで」

与力は執務室を去った。

「おのれ……生意気な。のちほど思いしらせてくれるわ。それよりもご老中さまにご報告をいたさねば」

食事を途中で投げだして、町奉行は登城した。

「遅いわ」

報告に来た町奉行へ、上島常也からすでにことを聞かされていた阿部豊後守が、不機嫌な顔を見せた。

「申しわけございませぬ」

平蜘蛛《ひらぐも》のように町奉行が手をついた。

「吉原の手入れは」

「それが、与力どもが神君さまのお墨付きを相手にはできぬと」

町奉行が上目遣いに阿部豊後守を見あげた。

「たわけ。不浄職でしかない与力、同心さえ、意のままにできぬようでは、海千山千の大名を監督する大目付や、狐狸妖怪が潜むという大奥のことをとりあつかう留守居などとても務まらぬ。余の目も曇ったようだな」

切り捨てるように阿部豊後守が言った。

「豊後守さま」

すがる町奉行を置き去りに、阿部豊後守は席を蹴った。

「せめて、吉原で浪人狩をするとの噂《うわさ》ぐらい流してみせよ。それもできずば町奉行の座を捨てよ」

振り向きもせず、阿部豊後守が言った。

「お墨付きがあるかぎり、吉原に手出しはできぬか。ならば、せめて織江だけでも除いてくれる」

阿部豊後守の瞳《ひとみ》が暗く濁った。今の豊後守にとって吉原より緋之介のほうが問題であった。

その日、下城した阿部豊後守は、上島常也を呼びつけた。

「きさまの手はすべて失敗したではないか」

「いたしかたありませぬ。相手が一枚上手でございました」

上島常也がそっぽを向いた。

「馬鹿者が」

立ちあがって阿部豊後守が上島常也を足蹴《あしげ》にした。

「一族でなければ、腹切らせておるところよ。亡き父もくだらぬ置き土産《みやげ》を残していってくれたわ」

「な、なにを……」

顔を蹴られて唇から血を流しながら、上島常也が起きあがろうとした。

「最後の情じゃ。吉原から出た織江を殺せ。よいか、これをなさぬかぎり二度と我が屋敷の門を潜《くぐ》ることを許さぬ。万一、織江が上様にお目通りするようなことがあれば、士籍を削って放逐してくれるわ」

阿部豊後守が怒鳴りつけた。

士籍とは、庶民の人別にひとしい。士籍を削られた者は、武士ではなくなる。武士でない者を仕官させる藩はない。武士へたいするもっともきびしい処断であった。

「出ていけ。それともここで上意討ちにあいたいか」

怒気もあらわな阿部豊後守から、逃げだすように上島常也は藩邸を後にした。

妾宅に入った上島常也は、すぐに下総屋を呼んだ。

「旦那、どうなってるんでございます」

下総屋の顔色もなかった。返されるはずの遊女は町奉行所に止められたままであり、同心たちの対応も、雲行きがあやしくなっていた。

「下総屋、相手が悪かった」

「そんな、それじゃあ、わたくしはどうなるんで」

震えながら下総屋がすがった。

「御老中さまのご威光で、なんとかお願《ねげ》えしやす」

「一つだけ手がある。豊後守の命よ。吉原に住まう浪人織江緋之介を殺せば、助けてやれる」

「吉原の浪人……」

下総屋が首をかしげた。

「ああ。御法度を犯した者よ。遠慮は要《い》らぬ……」

上島常也が策を語った。


西田屋の離れで緋之介は西田屋甚右衛門の訪問を受けていた。

「そうか」

「勝手なことを申しまするが、吉原は苦界《くがい》。世間さまとかかわりのあるお方さまは、お住まいになれぬところでございまする」

西田屋甚右衛門は緋之介の追い出しに来ていた。

「それに、織江さまは老中阿部豊後守さまからにらまれておいで。昨夜も町奉行所へ呼びだされ、それとなく注意を受けましてございまする」

町奉行所ではなく紀州頼宣の警告であったが、それをゆがめて西田屋甚右衛門は伝えた。

「吉原に迷惑をかけるわけにもいかぬ。明日にでも出ていこう」

手のひらを返したような対応に裏を感じ取った緋之介だったが、吉原の住人ではなく旗本へ戻ることを選んだのだ。だまって首肯するしかなかった。

「まことにご無礼を申しあげました」

ていねいに西田屋甚右衛門が腰を曲げた。

「織江さま。一つだけご忠告を」

「なんじゃ」

姿勢を緋之介はただした。

「これから織江さまは、お旗本として生涯を過ごされるのでございまする。お旗本のお役は、上様にお仕えすること。二度と廓内《さと》におられましたときのよう、要らぬことへ手出しをなさいますな。織江さまの足をすくおうと狙《ねら》っておる者はいくらでもおりまする。万一のことがありましては、真弓さまを泣かせることになりましょう。女は鳴かせても泣かすものではございませぬ。どうぞ、江戸でもっとも哀れな女どもをまとめるきみがてとして衷心からの願いでございまする」

西田屋甚右衛門が平伏した。

「かたじけない。忠告身に染みた」

父小野次郎右衛門忠常とおなじことを西田屋甚右衛門から聞かされた緋之介は、ただしたがうとしか言えなかった。

翌朝、泊まりの客を見送り、昼遊びの男の迎えまでの、吉原が素の姿を見せる四つ（午前十時ごろ）、緋之介は吉原の大門を潜り抜けた。

「長々のご交誼《こうぎ》ありがとうございました。お健やかに」

西田屋甚右衛門と三浦屋四郎右衛門方の楼主、明雀ら遊女、彦也たち忘八が見送りに来た。

「お世話になり申した」

大門を一歩出たところで緋之介は振り向いた。

「織江さま、真弓さまとお睦《むつ》まじく」

明雀が廓《くるわ》言葉を使わずに告げた。

「名残《なごり》は惜しいが、これ以上はかえって辛《つら》い。感謝をしている。では、さらばだ」

淡々と緋之介は別れを告げた。女の城を後にするのだ、女々しいまねはできなかった。

「旦那……」

彦也たち忘八が深く腰を曲げた。

こみ上げてくるものを緋之介はこらえた。明暦元年（一六五五）から寛文三年（一六六三）の今日まで、間に欠けはあったが、八年を過ごしたのだ。柳生織江、御影太夫、桔梗と愛してくれた女たちを失って、覇気をなくした緋之介を支えてくれた。吉原での生活こそ、緋之介の人生であった。

「織江緋之介は、今死んだ」

元吉原のいづや総兵衛《そうべえ》に問われて名のった偽名も、過去のものとせねばならなかった。

五十間道に並ぶ編《あ》み笠《がさ》茶屋も朝は開いていない。そこの陰に大勢が潜んでいた。

「来たぞ、あいつをやるんだ」

上島常也が、緋之介を指し示した。

「へい。おい」

下総屋が用意した手下たちに声をかけた。

たちまち五十間道が十数名の無頼、浪人で満ちた。

「あっ」

吉原の大門からも、その光景はよく見えた。

「旦那が」

「あいつ、三崎の下総屋だ」

忘八たちが、駆けだそうとした。

「やめなさい」

西田屋甚右衛門が止めた。

「しかし、きみがてて。あの人数じゃさすがに織江の旦那でも」

彦也が言いつのった。

「ならぬ。これはきみがてての命。破る者は吉原を出てもらう」

きびしく西田屋甚右衛門が宣した。人別もなく、世間に顔向けできない過去を持つ忘八たちは、吉原を出ては生きてはいけない。

「大門をお閉めなんし」

明雀が言った。

「吉原雀さま……」

聞いた彦也が絶句した。

「ここであちきらが、手助けすれば、織江さまは、また吉原とのつながりを持ってしまうでありんす。それは、決して織江さまの為《ため》になりしやせん」

凜《りん》と明雀が告げた。

「そのとおりだ」

会所の奥から光圀が顔を出した。緋之介を世間へ返すと西田屋甚右衛門から聞かされた光圀は昨夜から明雀のもとに逗留《とうりゅう》していた。

「あれも罠《わな》だろうよ。ここで忘八が助太刀《すけだち》に出れば、緋之介は吉原とのかかわりを理由として、上様のお側へあがれなくなる。それが、あいつらの狙いだ。辛いだろうが、緋之介のためだ。我慢してくれ」

光圀が頭をさげた。

「そんな……」

御三家に頼まれて、忘八たちは恐縮した。

「なによりあのていどをさばけずして、上様のお側で仕えることなどできぬ。いや真弓の相手もな」

さみしそうに光圀が笑った。光圀はこれで緋之介との関係が、友から形式ばった武家のものへ変わってしまうとわかっていた。

「門をしめなさい、彦也」

吉原会所頭取として、大門の開け閉めを担う三浦屋四郎右衛門が命じた。

「へい」

うなずいた彦也が、数名の忘八とともに大門を閉じた。

閉められていく大門に、上島常也が目を見張った。

「なぜ、なぜ見捨てるのだ。緋之介は、吉原の恩人であろう……」

上島常也は絶句した。

「くそう、吉原め。織江を捨てて生き残りを図りおったな。やはりあやつらは人でなしよ。こうなったら、織江だけでも殺さねば、儂の命がないわ」

さすがに、阿部豊後守の命を上島常也は読み取っていた。阿部豊後守は、ただ織江緋之介を殺すのではなく、吉原とのかかわりを明らかにしたうえで、排除しろと言っていたのだ。

「上島どの、あの御仁《ごじん》は、たしか……」

緋之介の顔を知る証人として使うため、上島常也はお成り行列に参加していた旗本を一人連れてきていた。旗本の顔色が青くなった。上様お声掛かりの緋之介を闇《やみ》討ちにかけるなど命を捨てると同義であった。

「いや、あれは……」

「このような数を頼んでのものめごとに、拙者《せっしゃ》はかかわりたくはござらぬ。ごめん」

旗本が小走りに去っていった。

「あああああ」

策のすべてが破れた上島常也が、膝《ひざ》を突いた。

じりじりと浪人や無頼たちが緋之介へと近づいてきた。

ゆっくりと緋之介は太刀を鞘走《さやばし》らせた。

ここを切所と緋之介はわかっていた。死者の国から常世へ帰るための試練と緋之介は覚悟した。

「小野友悟見参」

緋之介は、一気に跳んだ。

あとがき

まず、厚く御礼を申しあげます。

おかげさまでこの三月に書き下ろし百冊を迎えることができました。これもひとえに読者さまのお陰でございます。書くだけならば、百冊分の原稿などさほど難しい話ではありません。時間さえ掛ければ、かならず到達できるものです。しかし、それをすべて世に問えたというのは、読者さまがお許し下さったなればこそ。深く感謝いたしております。

さて、この刊で『織江緋之介見参《おりえひのすけけんざん》』シリーズの新装版も終わりを迎えました。七巻にわたり上梓できましたこと、ありがたく思っております。

シリーズ第一巻『悲恋《ひれん》の太刀《たち》』は、二〇〇四年の六月、五冊目の作品として生まれました。

じつは、紆《う》余曲折《よきょくせつ》を経て、このシリーズは形をなしました。

当時、徳間文庫さんで『竜門の衛《りゅうもんのえい》』シリーズ（新装版刊行と同時に『将軍家見聞役《しょうぐんけけんぶんやく》元八郎《げんぱちろう》』シリーズと改題）だけしか書いていなかったわたくしは、新たな出版元を求めて新作を書き下ろしました。

ですが、最初に持ちこんだ出版社ではまったく相手にされず、原稿ごと捨てられるという扱いを受けました。

作家をしておりますと没《ぼつ》を喰《く》らうのは当たり前です。落胆はいたしましたが、実力が及ばなかったと納得いたしておりました。いえ、したつもりでした。

「鼻もひっかけてもらえませんでした」

しかし、内心忸怩《じくじ》たる思いでいたわたくしは、徳間文庫の担当氏と呑んだときに、愚痴《ぐち》をこぼしました。

「一度、原稿を見せてください。うちで面倒みられるかもしれません」

落ちこんでいるわたくしを担当氏が慰《なぐさ》めてくれました。

「お願いします」と渡した原稿が、多少の手入れを経て本になったのです。もちろん、一冊で終わると思っておりました。幸い、読者さまのご好評をいただき、単発だった作品はシリーズになり、七巻まで続けることができました。

『将軍家見聞役 元八郎』シリーズと並行して、一年一冊のペースで発表したこともあり、『悲恋の太刀』から最終巻『終焉《しゅうえん》の太刀』まで丸五年という長い期間を要してしまいました。当然、最初と最後では、わたくしの感性も、文体も大きく違っております。

一つの作品で文体に差があるというのは、あまりいいことではありません。気にはなっておりましたが、なかなか手を入れる機会はありませんでした。というか、作家というのは、締め切りがないと仕事をしない人種です。

「そろそろ十年以上経ちますから、いい時期じゃないですか」

まあ、いつかできればなあと放置していたのを、現担当氏が仕事にしてくれました。作家にとって、自分の作品というのは、後悔の塊《かたまり》です。わたくしだけのことかも知れませんが、原稿を渡した直後から、こうすべきだったのではないか、あそこに一行つけくわえるべきかとか、ずっと悔やみます。

しかし、どこかで思いきらねば、本にはなりません。そして、本の形を取って読者さまのもとへ届いた瞬間から、作品は作家のものではなくなります。

失敗を直すことはかないませんし、こういう感じにくみ取ってくださいなどと言葉足らずを言いわけすることもできません。さすがに誤字や歴史的事実のまちがいなどは、版を重ねるときに訂正しますが、文章まで変えることはまず不可能です。

その機会を、新装版という形でわたくしは与えていただきました。

とはいえ、以前の作品をお買い求めくださった読者さまに失礼となりますので、筋立てを変えるほどの変更は慎《つつし》まねばなりません。できるだけ作品の匂《にお》いを変えないようにしながら、ミスの修正、台詞《せりふ》、地の文をわかりやすくいたしました。

新人だった上田秀人が百冊を書いて、どう進歩したのかをご覧願えればと思います。

『織江緋之介見参』シリーズは、『将軍家見聞役 元八郎』シリーズが陽であるのに対して、陰です。主人公もヒロインも敵役も、皆、なにかしらの過去を引きずっています。過去に縛られた登場人物たちが、試練を、毎日を重ねることで、自分の居場所を作っていく。主人公だけではなく、すべての人物の成長譚でありました。

時代物がまだブームではなく、まったく売れなかったわたくしが出版界で居場所を求め、あがいていたころだからこそ紡《つむ》げた物語だと、今回読み直してあらためて感じました。

今のわたくしには書けません。追求しているテーマが変化してしまいました。ですが、消え去るはずだったこの作品があったればこそ、百冊に届きました。

初心忘れずと申します。時代とともに変わるべきは受け入れ、わたくしも成長し続けて参ります。ですが、読者さまに気に入っていただける物語をというスタンスだけは、堅持《けんじ》いたします。
どうぞ、これからもよろしくお願いをいたします。

平成二十八年　初夏五月　――新緑の薫のなかで

上田秀人　拝

解　説

細谷正充（文芸評論家）

今年（二〇一六年）の四月二十二日、東京の椿山荘で、上田秀人の著作一〇〇冊突破記念パーティーが開催された。有り難いことに私も参加することができたが、二時間に及ぶパーティーは、誰もが作者の偉業を祝う気持ちの溢《あふ》れた、なごやかなものであった。その幸せな空気に浸《ひた》りながら、ずいぶん遠くまで来たものだと、作者の軌跡に思いを馳《は》せたものである。

一九九七年、「身代わり吉右衛門《きちえもん》」で、第二十回小説CLUB新人賞に佳作入選した作者は、幾《いく》つかの短篇を「小説CLUB」に発表。しかし同誌の休刊により、しばしの沈黙を余儀なくされる。そして二〇〇一年四月、徳間文庫より書き下ろしで『竜門《りゅうもん》の衛《えい》』を刊行。以後、二〇〇五年十月の『蜻蛉剣《かげろうけん》』まで、「将軍家見聞役《しょうぐんけけんぶんやく》　元八郎《げんぱちろう》」シリーズとして書き継いだ。

その傍《かたわ》ら、二〇〇四年六月に『織江緋之介見参《おりえひのすけけんざん》　悲恋の太刀《たち》』を、徳間文庫から書き下ろしで上梓。第二のシリーズとして、こちらも順調に巻を重ね、二〇〇九年四月の第七弾『織江緋之介見参　終焉《しゅうえん》の太刀』で完結した。本書は、その新装版だ。

すでに周知の事実であろうが、シリーズのアウトラインをおさらいしておこう。花の吉原に、織江緋之介と名乗る凄腕《すごうで》の若侍が、ふらりと現れた。その正体は、将軍家剣術指南役・小野次郎右衛門忠常《おのじろうえもんただつね》の末子の小野友悟《ゆうご》である。彼には、やはり将軍家剣術指南役の柳生《やぎゅう》家と、因縁があった。柳生十兵衛《じゅうべえ》の養女・織江の婿になる予定だったが、十兵衛暗殺の陰謀に巻き込まれ、逃げるように吉原へと紛れ込んだのだ。人柄を見込まれ、吉原で暮らすことになった緋之介。身に降りかかる火の粉を払う一方、ある秘密を巡る吉原と幕閣の暗闘に巻き込まれ、織江を始めとする三人の愛する女性を失うことになる。深い悲しみを抱える緋之介だが、この一件が機になり、老中・松平伊豆守《まつだいらいずのかみ》の恨みを買い、命を狙われ続ける。それは老中が阿部豊後守《あべぶんごのかみ》になっても変わらない。さまざまな事件と危機を、裂帛《れっぱく》の剣で斬りぬける緋之介は、たくましく成長していくのであった。

というストーリーを背負った本書は、完結篇に相応《ふさわ》しい濃密な作品になっている。徳川五代将軍の座を巡る暗闘に、幾つもの思惑が絡み合い、三代将軍家光《いえみつ》十三回忌のため日光下向中の四代将軍家綱《いえつな》の行列が、三十人の死兵に狙われるのだ。そして阿部豊後守の陰湿な画策で行列に加わっていた小野忠常と緋之介の父子は、恐るべき敵に立ち向かうことになる。本書のクライマックスといっていいだろう。

いや、それにしても凄まじい大殺陣《だいさつじん》だ。多数の敵が入り乱れ、あっちでもチャンバラ、こっちでもチャンバラ。しかも、最初から死を覚悟した死兵に、まともに立ち向かえるのは忠常と緋之介のみ。途中から、緋之介の叔父であり、最強剣鬼の小野忠《ちゅう》也《や》が加わるが、とにかく終始劣勢の中で、緋之介たちは剣をふるうことになる。その、命ギリギリの大殺陣は、興奮必至の面白さだ。おまけに大殺陣の後にも、忠常と緋之介の剣の冴《さ》えが味わえるチャンバラが控えているではないか！　作者のサービス精神は天井知らず。とことん緋之介たちのチャンバラが、堪能《たんのう》できるようになっているのだ。

さて、チャンバラの話になったので、あらためて主人公の〝剣〟について注目したい。将軍家剣術指南役の小野忠常の末子である緋之介は、当然、小野派一刀流の使い手だ。その一方で、やはり将軍家剣術指南役である柳生家の柳生新陰流を学び、瀕死の十兵衛から秘太刀〝飛燕《ひえん》の太刀〟まで口伝《くでん》されている。そう、将軍家剣術指南役の両流を会得《えとく》し、数々の死闘や、忠常や忠也の薫陶《くんとう》を受け、己の剣へと昇華しているのである。ありそうでなかった、凄《すご》いアイディアだ。ただ、作者はチャンバラの面白さだけで、このような剣を緋之介に与えたわけではない。

そこで留意したいのが、上田秀人が一貫して主張している〝継承〟というテーマである。徳間文庫編集部編の『上田秀人公式ガイドブック』に収録されているインタビュー「上田秀人に聞く！ ～創作への思い、作家としてのこだわり～」の中で作者は、

「私の全作品に通底するテーマをあえて挙げるなら『継承』でしょうね。自分の子どもはかわいいというやつです。自分にとって大切なものを守るためなら、人間は何でもする。そうした性《さが》というか業《ごう》を抜きに時代小説は書けない、という思いはあります」

と、述べている。この言葉は、緋之介の剣にも当てはまるのではなかろうか。将軍家剣術指南役にとって、剣の継承こそが最優先されるもの。その剣を、柳生十兵衛や小野忠常と忠也は、緋之介に託《たく》した。本来なら有り得ない、ふたつの流派の混在した独自の剣が生まれたのは、彼らが〝自分にとって大切なものを守〟ろうとした結果だと思うのである。そしてそれこそが〝継承〟なのであろう。

しかしだ。それでありながら緋之介の剣は、忠常と忠也を、ついに越えることはな

い。徳川家の家臣という立場を墨守《ぼくしゅ》しながら、すべての状況を見切った上で剣を使う忠常。死兵ですら圧倒する超絶の剣をふるう忠也。もちろん主人公を張っているのだから、緋之介の剣の腕前もずば抜けている。剣技だけでいえば、父親よりも上かもしれない。それでもふたりは、壁となり盾となり、緋之介の前に聳《そび》え立つのである。つまり緋之介は剣士として、まだまだ未完成なのだ。

だが、それだからこそ緋之介は、どこまでも伸びていく未来を予感させてくれる。さまざまな体験を経て、ときには絶望の淵《ふち》に沈みながら、たくましく成長していくことだろう。ああ、そうか。このシリーズは、青春小説であり成長小説なのだ。未完成ゆえに、若者は苦悩や悲しみを糧《かて》として、己の可能性を豊かに広げていくのである。

おっと、剣の話が長くなってしまった。もちろん上田作品の魅力である、興趣《きょうしゅ》に富んだストーリーも健在だ。紀州大納言徳川頼宣《よりのぶ》の口から語られる、ある事実は、まさに驚天動地の大秘事だ。伝奇的要素満載の歴史秘話を絡ませた物語は作者の独壇場だが、よくもまあこんなことを考えるものである。

しかも大秘事は、これだけで終わらない。読者の眼前で、吉原と徳川家を繋《つな》ぐ、新たな大秘事が誕生したではないか。シリーズ第四弾『散華《さんげ》の太刀』から登場した頼宣だが、まさかこんな仕掛けがあるとは思わなかった。作者の奇想により、日本の歴史は変容し、異貌を露《あら》わにする。上田作品を読む、大きな喜びは、ここにもあるのだ。

最後に、本書のラストについて触れておこう。未読の人の興味を削《そ》いではいけないので、詳しくは書かない。でも、緋之介の叫びが、青春の終わりを告げるものであり、新たな明日に踏み出すための宣言だくらいは、いってもいいだろう。そしてその姿に、時代小説の未踏の地を切り拓こうという、作者の姿が重なり合う。

一〇〇冊突破記念パーティーの締めくくりで、挨拶《あいさつ》に立った作者は、一〇〇冊を目標にしてきたといいながら、それを達成した今、次の二〇〇冊に向かって意欲を燃やしていると述べた。いつだって上田秀人は、前に進んでいる。「織江緋之介見参」シリーズのラストで示された。烈々《れつれつ》たる気概を、常に抱いている。だから今も、これからも、上田作品を読まずにはいられないのだ。

二〇一六年五月

この作品は2009年4月徳間文庫として刊行されたものの新装版です。

本書のコピー、スキャン、デジタル化等の無断複製は著作権法上での例外を除き禁じられています。本書を代行業者等の第三者に依頼してスキャンやデジタル化することは、たとえ個人や家庭内での利用であっても著作権法上一切認められておりません。

徳間文庫

織江緋之介見参七

終焉《しゅうえん》の太刀《たち》

〈新装版〉

© Hideto Ueda 2016

2016年7月15日 初刷

著者 上《うえ》田《だ》秀《ひで》人《と》

発行者 平野健一

東京都港区芝大門二―二―一 〒105―8055

発行所 株式会社徳間書店

電話 編集〇三(五四〇三)四三四九 販売〇四八(四五一)五九六〇

振替 〇〇一四〇―〇―四四三九二

印刷 凸版印刷株式会社

製本 ナショナル製本協同組合

ISBN978-4-19-894120-8 (乱丁、落丁本はお取りかえいたします)

上田秀人「将軍家見聞役 元八郎」シリーズ

第一巻 竜門《りゅうもん》の衛《えい》

八代将軍吉宗の治下、老中松平乗邑は将軍継嗣・家重を廃嫡すべく朝廷に画策。吉宗の懐刀である南町奉行大岡越前守を寺社奉行に転出させた。大岡配下の同心・三田村元八郎は密命を帯びて京に潜伏することに。

第二巻 孤《こ》狼《ろう》剣《けん》

尾張藩主徳川宗春は八代将軍吉宗に隠居慎みを命じられる。ともに藩を追われた柳生主膳は宗春の無念をはらすべく、執拗に世継ぎ家重の命を狙う。幕府の命運を背負う三田村元八郎は神速の太刀で巨大な闇に斬り込む。

第三巻 無《む》影《えい》剣《けん》

江戸城中で熊本城主細川越中守宗孝に寄合旗本板倉修理勝該が刃傷に及んだ。大目付の吟味により、勝該は切腹して果てたが、納得しかねた九代将軍家重は吹上庭番支配頭・三田村元八郎に刃傷事件の真相究明を命じる。

第四巻

波《は》濤《とう》剣《けん》

父にして剣術の達人である順斎が謎の甲冑武者に斬殺された。仇討ちを誓う三田村元八郎は大岡出雲守に、薩摩藩とその付庸国、琉球王国の動向を探るよう命じられる。やがて明らかになる順斎殺害の真相。悲しみの秘剣が閃く！

第五巻

風《ふう》雅《が》剣《けん》

京都所司代が二代続けて頓死した。不審に思った九代将軍家重は大岡出雲守を通じ、三田村元八郎に背後関係を探るよう命じる。伊賀者、修験者、そして黄泉の醜女と名乗る幻術遣いが入り乱れる死闘がはじまった。

第六巻

蜻《かげ》蛉《ろう》剣《けん》

抜け荷で巨財を築く加賀藩前田家と、幕府の大立者・田沼主殿頭意次の対立が激化。憂慮した九代将軍家重の側用人・大岡出雲守は、三田村元八郎に火消しを命じる。やがて判明する田沼の野心と加賀藩の秘事とは。

全六巻完結

徳間文庫 書下し時代小説 好評発売中

上田秀人「織江緋之介見参」シリーズ

第一巻 悲恋《ひれん》の太刀《たち》

天下の御免色里、江戸は吉原にふらりと現れた若侍。名は織江緋之介。剣の腕は別格。彼には驚きの過去が隠されていた。吉原の命運がその双肩にかかる。

第二巻 不忘《わすれじ》の太刀《たち》

名門譜代大名の堀田正信が幕府に上申書を提出した。内容は痛烈な幕政批判。将軍家綱が知れば厳罰は必定だ。正信の前途を危惧した光圀は織江緋之介に助力を頼む。

第三巻 孤影《こえい》の太刀《たち》

三年前、徳川光圀が懇意にする保科家の夕食会で起きた悲劇。その裏で何があったのか――。織江緋之介は光圀から探索を託される。

第四巻
散華《さんげ》の太刀《たち》

浅草に轟音が響きわたった。堀田家の煙硝蔵が爆発したのだ。織江緋之介のもとに現れた老中阿部忠秋の家中は意外な真相を明かす。

第五巻
果断《かだん》の太刀《たち》

徳川家に凶事をもたらす禁断の妖刀村正が相次いで盗まれた。何者かが村正を集めている。織江緋之介は徳川光圀の密命を帯びて真犯人を探る。

第六巻
震撼《しんかん》の太刀《たち》

妖刀村正をめぐる幕府領袖の熾烈な争奪戦に織江緋之介の許婚・真弓が巻き込まれた。緋之介は愛する者を、幕府を護れるか。

第七巻
終焉《しゅうえん》の太刀《たち》

将軍家綱は家光十三回忌のため日光に向かう。次期将軍をめぐる暗闘が激化する最中、危険な道中になるのは必至。織江緋之介の果てしなき死闘がはじまった。

全七巻完結

徳間文庫 書下し時代小説 好評発売中

上田秀人「お髷番承り候」シリーズ

一 潜《せん》謀《ぼう》の影《かげ》

将軍の身体に刃物を当てるため、絶対的信頼が求められるお髷番。四代家綱はこの役にかつて寵愛した深室賢治郎を抜擢。同時に密命を託し、紀州藩主徳川頼宣の動向を探らせる。

二 奸《かん》闘《とう》の緒《ちょ》

「このままでは躬は大奥に殺されかねぬ」将軍継嗣をめぐる大奥の不穏な動きを察した家綱は賢治郎に実態把握の直命を下す。そこでは順性院と桂昌院の思惑が蠢いていた。

三 血《けつ》族《ぞく》の澱《おり》

将軍継嗣をめぐる弟たちの争いを憂慮した家綱は賢治郎を密使として差し向け、事態の収束を図る。しかし継承問題は血で血を洗う惨劇に発展——。江戸幕府の泰平が揺らぐ。

四 傾《けい》国《こく》の策《さく》

紀州藩主徳川頼宣が出府を願い出た。幕府に恨みを持つ大立者が沈黙を破ったのだ。家綱に危害が及ばぬよう賢治郎が目を光らせる。しかし頼宣の想像を絶する企みが待っていた。

五 寵《ちょう》臣《しん》の真《まこと》

賢治郎は家綱から目通りを禁じられる。浪人衆斬殺事件を報せなかったことが逆鱗に触れたのだ。事件には紀州藩主徳川頼宣の関与が。次期将軍をめぐる壮大な陰謀が口を開く。

六 鳴《めい》動《どう》の徴《しるし》

激しく火花を散らす、紀州徳川、甲府徳川、館林徳川の三家。甲府家は事態の混沌に乗じ、館林の黒鍬者の引き抜きを企てる。風雲急を告げる三つ巴の争い。賢治郎に秘命が下る。

七 流《る》動《どう》の渦《うず》

甲府藩主綱重の生母順性院に黒鍬衆が牙を剝いた。なぜ順性院は狙われたのか。家綱は賢治郎に全容解明を命じる。身命を賭して二重三重に張り巡らされた罠に挑むが──。

八 騒《そう》擾《じょう》の発《はつ》

家綱の御台所懐妊の噂が駆けめぐった。次期将軍の座を虎視眈々と狙う館林、甲府、紀州の三家は真偽を探るべく、賢治郎と接触。やがて御台所暗殺の姦計までもが持ち上がる。

九 登《とう》竜《りゅう》の標《しるべ》

御台所懐妊を確信した甲府藩家老新見正信は、大奥に刺客を送って害そうと画策。家綱の身にも危難が。事態を打破しようとする賢治郎だが、目付に用人殺害の疑いをかけられる。

十 君《くん》臣《しん》の想《そう》

賢治郎失墜を謀る異母兄松平主馬が冷酷無比な刺客を差し向けてきた。その魔手は許婚の三弥にも伸びる。絶体絶命の賢治郎。そのとき家綱がついに動いた。壮絶な死闘の行方は。

徳間文庫　書下し時代小説　好評発売中

全十巻完結

徳間文庫の好評既刊

禁裏付雅帳㈠ 政争 上田秀人

朝廷を脅す材料を探せ—幕閣の密命を帯びた若き使番の苛烈な戦い

禁裏付雅帳㈡ 戸《と》惑《まどい》 上田秀人

定信の狙いを見破った公家は、鷹矢を取り込み幕府を操ろうと企む

斬馬衆お止め記 御盾 上田秀人

信州真田家。七尺の大太刀を操る斬馬衆に公儀隠密に備えよと下命

斬馬衆お止め記 破矛 上田秀人

真田家存亡の命運が懸けられた仁旗伊織の大太刀が唸りを上げる！

日輪にあらず 軍師黒田官兵衛 上田秀人

秀吉を天下人に導き秀吉から最も怖れられた智将。その野心と悲哀

伊賀者同心手控え 大奥騒乱 上田秀人

大奥を害するべく松平定信が放ったお庭番と迎え撃つ伊賀者の死闘